你在調侃我嗎？
有夠差勁～
和裝作不曾察覺的戀情相遇——
哈哈哈——
也是呢～
壞心眼的相遇
原案／HoneyWorks
作者／香坂茉里 插畫／ヤマコ

第一次主動向她搭話，是在升上高中之後。
噯～噯～妳是跟我同班的亞里紗對吧？
我一如往常地堆出笑容，選擇說出同樣的台詞。
這麼做的話，一切都會順利才對。
你在演戲嗎？
這樣絕對很無趣吧……
她卻突然這麼對我說——
呃——……
這是什麼意思？

妳帶刺的那些話，
使我的內心動搖。
那句話一直無法離開腦海，
讓我做什麼都開心不起來。
將溫柔包在裡頭，
又有點壞心眼——
什麼跟什麼啊，
好像把人
徹底看穿一樣。
ガッ

我從來沒有認真
愛上過某個人。
也不曾遇過
能讓我動心的人。
明明應該
這樣就好了——
噯~我們
等一下~…
我想也是……
サッ

該怎麼做，
才能讓妳
回過頭來看我？

該怎麼做，
才能讓妳對我笑？

該怎麼做，
才能讓自己映在
妳的雙眸之中？

妳帶刺的那些話，
總是擾亂我的心。

我沒有在調侃妳。
我說出的話，能讓妳的心動搖嗎？
我可不會認真喔。
因為，沒錯吧，
「戀愛(遊戲)」是開心享受的人才是贏家——

我……
還挺認真的喔。
明明這樣故作瀟灑，卻一頭栽進去認真起來。
一直沒能察覺到的單戀——
如果妳內心的某個角落有我……

已經持續幾年了啊？
讓妳的內心動搖，
用我的話語拉近距離。
……再這樣下去
不行啦。
←終於察覺到的單戀心意將何去何從……!?

Kadokawa Fantastic Novels
告白預演系列 8
壞心眼的相遇
原案／HoneyWorks
作者／香坂茉里
插畫／ヤマコ

內頁插圖／ヤマコ

CONTENTS
目錄

◆◇◆ introduction ★ ～前奏曲～ ◆◇◆

「噯～噯～妳是跟我同班的亞里紗對吧？」

第一次主動向她搭話，是在升上高中之後。

我在走廊上叫住她，一如往常地堆出笑容，選擇說出同樣的台詞。

這麼做的話，一切應該都會順利才對。

「你在演戲嗎？」

彷彿看透了我隱藏起來的情感和真心。

她突然這麼對我說。

「這樣絕對很無趣吧……」

讓我內心動搖的這句話，同時也瓦解了我堆出來的笑容。

introduction
～前奏曲～

我想，在這個瞬間，「戀情」想必已經萌芽——

◆◇◆♥◆◇◆

升上高中後，我第一次和他同班。

然後第一次被他搭話。

滿面笑容的表情、無傷大雅的表面話，跟面對其他女孩子時一模一樣。

噢，我明白。這個人的笑容是假面具。

因為不想被討厭，就掩藏自己真正的想法，努力配合周遭的其他人。

（跟我很像呢……）

「這樣絕對很無趣吧……」

我丟下這句話，然後轉身離開。

留下獨自杵在原地的他。

——噯，你的「真心」藏在哪裡呢？

introduction

～前奏曲～

柴崎健

4月1日生　牡羊座、O型

高一。很受女孩子歡迎，
基本上個性輕浮。雙親感情不睦，
平時也不會跟弟弟愛藏說話。

榎本虎太朗

11月29日生　射手座、O型

高一。隸屬於足球社。
跟健是從國中認識至今的朋友。
單戀著青梅竹馬瀨戶口雛。

Word 1 ~話語1~

山本幸大

11月7日生　天蠍座、A型

高一。隸屬於校刊社。
跟健是從國中認識至今的朋友。
沉默寡言，喜歡閱讀。

柴健那傢伙，剛才說他肚子痛要去保健室，就沒回來了耶……
去看看他好了～
我覺得不要這麼做比較好…

Word1 ☆ ~話語1~

放學後，柴崎健待在車站附近熱門的碰面地點，玩著手機打發時間。

雖然身旁還有升上高中後剛認識的同班同學，但他們聊天的內容，完全沒有傳進健耳中。

換做平常的話，他應該能表現得更平易近人一點，但現在，就算聽到身旁的女孩子對自己說話，他也沒有半點想答腔的念頭。

「你在演戲嗎？」

高見澤亞里紗出人意表的這句話，一直無法離開他的腦海。讓健不停地、再三地反芻這句話。

「然後啊～美香她的男朋友啊～……我說，你有沒有在聽啊，柴健？」

（啊～可惡！）

健壓抑想要咒罵出聲的衝動，將手機塞進長褲的口袋裡。

「抱歉，我要先回去了。」

「咦～不是說好大家等一下一起去唱歌嗎？」

「啊～下次再說吧。」

隨便敷衍過發出抗議聲的女孩子後，健便離開了現場。

Word1
～話語１～

過去，健跟亞里紗就讀同一間國中，但兩人不曾同班過。

從國中時便經常和健玩在一塊兒的榎本虎太朗跟亞里紗同班，偶爾也會跟她聊上幾句。健只有從遠處眺望過這兩人聊天的光景，或是偶爾跟亞里紗擦身而過。

因為亞里紗似乎不太擅長跟人來往，從國中時期開始，她就沒什麼稱得上是朋友的朋友。

在班上看似也遭到排擠的她，到了午休時間，經常一個人坐在位子上，以手托腮望著窗外發呆。

她好像也沒有加入社團。每到放學時間，都會速速離開學校。

雖然長得還挺漂亮的，但總是板著一張臉，感覺很難親近，別人也不會主動靠近她。

至今，圍繞在柴崎健身邊的，都是個性比較輕佻，但待在一起的時候還算開心、能夠滿足於當下短暫關係的女孩子。

然而，亞里紗跟這些女孩子是完全不同的類型。

她完全不適合作為打發時間的對象。

不過，健還是很在意亞里紗。或許，是因為健將笨拙又總是白忙一場的她，跟過去那個什麼都做不好的自己，不小心重疊起來了吧。

她應該可以做得更好一點才對啊……

儘管這麼想，但國中時期，健遲遲找不到幫亞里紗一把的藉口。交代跟她同班的虎太朗「要好好關照她喔」，便是健所能做的極限。

升上高中後，發現亞里紗跟自己同班，健覺得自己終於找到採取行動的理由了。他可

Word1
～話語1～

是花了好些力氣，才下定決心踏出接近她的第一步。然而……

（什麼跟什麼啊，好像把人徹底看穿一樣。）

那種類型的人果然不行。跟自己合不來。

真是一點都不可愛。難得自己都主動攀談了耶。

面對心中無處發洩的鬱悶，健忍不住踹了紅綠燈旁邊的柵欄出氣。

可是，這樣只是害自己腳痛，完全沒有得到抒發。

「啊～……可惡！真沒意思。」

他這麼叨唸著，在號誌轉換的同時踏出腳步。

到了午休時間，保健室老師也會離開學校吃午餐，或是到教職員辦公室開會，因此，保健室裡頭經常是沒有大人的狀態。

健看準這個時間，找女孩子到裡頭約會。

從敞開的窗戶吹進來的強風，把窗簾吹得啪噠啪噠作響。

「果然還是莉香最棒了～」

「你一定對每個女孩子都說過這種話吧～」

聽到女孩輕笑出聲，健從後方伸手環抱她。

（看吧，進展得很順利嘛。）

可是，為什麼在面對她的時候，這招就不管用呢？

（為什麼啊？）

「話說回來……」

儘管對方在和他說話，健卻是一臉漫不經心的模樣。

「我說啊～柴健？柴健！」

在耳朵被狠狠擰住之後，健不得不將心思拉回眼前的對象身上。

「你在想其他女孩子的事對不對？」

「……怎麼可能呢。我只是看妳看得入迷了啦。」

Word1
～話語１～

「那就謝謝嘍。」

女孩以敷衍的語氣這麼回應後，將身上的制服整理好，然後迅速起身。

「咦～……後續呢？」

「你去拜託其他女孩子啊。」

對方微笑著這麼表示後，便離開了保健室。

聽到比以往更猛的關門聲，健湧現「又搞砸啦」的想法，然後嘆了一口氣。

（總覺得做什麼都不順利耶……）

而讓自己變成這樣的原因，不管怎麼想，都只有一個。

◆◇◆♥◆◇◆

午休時間都快結束了，前往保健室的柴崎健卻遲遲沒有回來。

榎本虎太朗望向時鐘，嘟囔了一句「他在搞什麼啊」。

下午有體適能測驗，高一新生必須換上運動服，然後到操場集合。

學生們陸續從座位上起身，往更衣室移動。

虎太朗也和山本幸大一起來到走廊上。

「柴健那傢伙，剛才說他肚子痛要去保健室，就沒回來了耶～去看看他好了～」

「我覺得不要這麼做比較好……」

不知為何，幸大以有些複雜的表情輕聲這麼回答。

「嗯……？為什麼啊？」

「……」

兩人這麼閒聊的時候，將雙手插在口袋裡的健走了回來。

「柴健，你在幹嘛啊？要走嘍～」

「下一堂課要做什麼來著？」

「體適能測驗！不趕快準備的話，等一下可會挨罵喔。」

「啊～……我要蹺掉。」

覺得麻煩似的這麼說後，健揮揮手走回教室。

Word1
～話語1～

「真受不了那傢伙……他到底在想什麼啊？」

接著，虎太朗以一句「我們走吧」催促幸大，兩人一起趕往更衣室。

◆◇◆♥◆◇◆

從國中時期開始，到了午休時間，健就會和幸大、虎太朗聚在一起，悠悠哉哉地度過這段時間。這點至今仍沒有改變。

過去，多半是健和幸大一起到虎太朗班上去找他，但在升上高中後，換成虎太朗比較常造訪健和幸大的班級。

（啊～……有夠無聊～）

原本埋頭玩手機的健抬起頭來，發現幸大正在默默地看書。

一旦幸大開始進入書中世界，就算跟他搭話，也只會得到敷衍的回應。

健將視線移往以手托腮的虎太朗身上。後者正茫然眺望著瀨戶口雛的身影。

健、虎太朗、幸大和雛四人，都畢業於同一所國中。

虎太朗會刻意到健班上打發午休時間，就是因為這裡有雛在吧。

（是說，真虧他能一直單戀到現在耶。不會膩嗎？）

自國中開始，健便一直從旁觀察這兩人，但他們的關係完全沒有半點進展。

雛根本沒把虎太朗放在眼裡。不僅如此，最近還熱中於追著心儀的學長跑。

既然沒有在一起的可能，放棄不就好了嗎——健在內心這麼想著。

身邊的女生多得是啊。

不過，對虎太朗來說，只有瀨戶口雛是「特別」的存在。

他恐怕壓根沒想過移情別戀這回事吧。

虎太朗總是認真不已。讓只是在一旁看的人，都不忍覺得害羞起來。

「嗳～瀨戶口雛她啊～胸部還滿……」

「哇————————！」

虎太朗像是企圖打斷健的發言般吶喊出聲。他的嗓門還是一如往常的大。

「……你太吵嘍。」

仍在看書的幸大一邊翻動書頁，一邊淡淡地出聲提醒。

「你……你在看哪裡啦，柴健。」

變得面紅耳赤的虎太朗，因為在意來自周遭的目光，壓低了音量這麼問。

「話說回來，虎太朗，你跟瀨戶口同學是青梅竹馬對嗎？」

幸大突然抬起頭問道。

「嗯？對啊，你怎麼知道？」

「嗯～……因為八卦？」

「哦～……所以，你已經揉過嘍？」

聽到健調侃地這麼問，虎太朗不禁「噗！」地噴出口水。

「我說啊！為什麼會變成這樣啦！」

「如果是健全的男高中生，這應該很普通……對吧？」

「你的普通跟別人的普通不一樣啦！」

（會嗎？我覺得……很普通啊？）

「對吧？幸大～」

「可以不要推到我身上嗎？」

冷淡地這麼回應後，幸大的注意力再次回到書本上。

他還是老樣子，在提到這類話題時，總顯得很沒勁。

（是說，我都沒聽過幸大談戀愛的話題耶～）

幸大並不像虎太朗那麼好懂。因為他幾乎不會將個人情感表現在臉上或是態度上。

「所以……你喜歡瀨戶口的哪一點啊，虎太朗？」

健用手機傳訊息同時拋出的問題，讓虎太朗的雙肩猛地抽動一下。

「跟那種類型的女孩子交往，應該很麻煩吧？該說好像會認真到令人覺得沉重。」

「我覺得是你太輕佻了，柴健。」

幸大這麼說之後，虎太朗也以一句「就是啊……」幫腔。

「啊～？會嗎？」

下一刻，健的手機響起。

「啊～莉香～？之後的約會啊～……呃，咦～……啊，真假？」

他以開朗的嗓音接起電話，配合對方發出笑聲，接著從座位上起身，留下虎太朗和幸大，獨自走出教室。

（輕佻……是嗎？）

他將手機抵在耳朵上，一邊在走廊上前進，一邊配合對方道出回應。

健從來沒有認真愛上過某個人。

也不曾遇過能讓他動心的人。

也不像虎太朗那樣，只想持續注視著某個人。

無可救藥地渴望著對方的熱情，或是一直深深迷戀著某人的心意，都不存在於他的心中。

（這樣就好了……）

事到如今，他也不可能改變這樣的自己。

掛上電話後，健不經意停下腳步。

無意間望向窗外的他，發現跟自己同班的高見澤亞里紗，正獨自坐在中庭的長椅上。

（她都在那種地方吃午餐嗎……）

這麼說來，每到午休時間，亞里紗都會無聲無息地離開教室。

直到下午第一堂課要開始了，她才會回到教室。

她對人總是有點愛理不理的，也不會積極想跟班上的女孩子打成一片。

比起國中時期被其他女同學敬而遠之，現在的亞里紗比較像是刻意讓自己孤立。

能讓她開心地主動攀談的對象，大概只有讀者模特兒的高三學姊成海聖奈。

入學沒多久之後，在連接兩棟校舍的走廊上發現聖奈的亞里紗，帶著泛紅的臉頰，興奮地主動上前與她交談。

像那樣，睜著閃閃發亮的雙眼和某人說話的她，健不曾看過。

儘管亞里紗總是擺出「我一個人也無所謂」的表情，但實際上想必不是如此。

健常看到她露出靜不下心、想跟別人說話的表情。

其實，亞里紗明明很喜歡跟人聊天、很愛笑，也很想跟別人打成一片。

（在演戲的人是妳才對吧……）

「到底在幹嘛啊？」

就連健本人，也不明白這句脫口而出的話，究竟是對誰說的。

猶豫了片刻後，他嘟囔了一句「啊～……真是的」，然後改變雙腳的前進方向。

◆◇◆

除了亞里紗以外，中庭沒有其他人的影子。

其他學生的喧鬧聲從校舍的方向傳來。

「亞里紗。」

健這麼開口呼喚後，原本在吃便當的亞里紗吃驚地轉過頭來。

面對露出警戒表情的她，健以滿面笑容回應。

「妳都在這裡吃午餐啊？喔！妳的便當看起來很好吃耶。難道是妳自己做的嗎？還是妳媽做的？」

儘管健以活潑的語氣向她攀談，亞里紗仍沒有半點反應，只是以不耐的眼神瞅著他。

「親手做的便當真的很不錯呢～啊！對了，下次要不要一起去吃蛋糕？之前，有人跟我說某間店很不錯喔。我請客，所以，我們一起去吧？」

下一刻，亞里紗選擇直接轉身背對健，默默將飯菜送進口中。

她露出一臉困擾的表情，但健仍毫無顧忌地繼續搭話。

只要繼續這麼做，基本上，就算是原本很冷淡的女孩子，最後都還是會對他露出笑容。

健過去的經驗都是如此。

「亞里紗，妳的頭髮好漂亮喔。是從什麼時候開始留長的啊～？不過，妳從國中就是長頭髮的樣子了……妳的髮型，果然是在模仿成海聖奈學姊對吧？」

聽到健這句發言，一直沉默不語的亞里紗，此時雙肩抽動了一下。

（哦～她果然很喜歡成海聖奈吧？）

亞里紗是想變成像她那樣嗎？

「啊，亞里紗，難道妳的夢想是當模特兒？或是很憧憬偶像那類存在？還是，妳其實有在唱歌，或是擔任舞者？雖然很難想像，但又有點想看呢……」

健像是自言自語般說出這些話後，亞里紗突然從長椅上起身。

不知不覺間，她已經把自己的便當盒收拾完畢了。

「咦，亞里紗，妳吃完便當了嗎？」

不知為何，亞里紗惡狠狠地瞪了他一眼，讓他不知所措地說出：「咦？怎麼了？」

接著，亞里紗一把揪起便當袋，快步走回校舍。

（是因為……拿成海聖奈當話題的選擇錯了嗎？）

健眺望著亞里紗離去的背影，以手摸了摸後腦杓。

「我還以為她會有興趣呢。」

（不，她絕對有興趣才是。）

還是說，亞里紗其實想保密這件事？

聖奈既可愛又時髦，儘管還是學生，卻身兼模特兒這種吸睛的工作。以她為目標的女孩子很多。亞里紗會憧憬這樣的她，也不難理解。

「如果能笑一下的話……她一定也會很可愛的啊。」

在返回校舍的路上，健不自覺地這麼喃喃說道。

◆◇◆ ♥ ◆◇◆

在那之後，每次看到亞里紗，健總會上前向她攀談，但她的態度仍一如往常。應該說，甚至變得比以前更提防健了。

（就算這樣……我也不會放棄的。今天也試著以老樣子的台詞挑戰吧！）

「亞里紗～」

聽到健的呼喚，亞里紗一語不發地加快腳步準備離去。

「妳今天也冷淡到無懈可擊呢。我覺得妳笑一下會比較可愛喔～」

健趕到她的身旁，一邊窺探她臉上的表情，一邊試著露出和善的笑容。

或許因為兩人的臉靠得太近而嚇到了，亞里紗猛地朝後方退開。
「你……你在調侃我對吧！」
令人意外的，她終於開口了。
「不，我真的覺得妳很可愛。妳試著笑一個看看吧？」
「…………要……」
亞里紗的身子微微顫抖。
健沒能聽清楚她說了什麼，於是以一聲「咦？」反問。

「不要找我、不要跟我說話！禁止靠近我！」
亞里紗怒氣沖沖地瞪著健，還以雙手在胸前大大地打一個叉。
「呃，妳也不用排斥我到這種程度吧！」
看到她為了拉開距離而慢慢往後退的模樣，健不禁苦笑。
「我說了什麼讓妳生氣的話嗎？如果是這樣，我向妳道歉，所以妳別再生氣了。我只是想跟妳培養感情……」
「沒有什麼好培養的！」

「……那個，亞里紗。我說真的，我做了什麼惹惱妳的事情了嗎？」

「……如果沒有特別的事情要找我，禁止你跟我搭話。」

語畢，亞里紗轉身步入教室，還用力關上大門。

「咦咦～……這樣的話，我要怎麼跟她培養感情才好啊？」

獨自被留在原地的健一臉困擾地喃喃自語。

接著，想起用雙手比叉時的亞里紗一臉不悅的表情，他忍不住噗哧一笑。

（什麼啊……果然很有趣嘛。）

如果亞里紗不要一味拒絕，多跟自己說幾句話就好了。如果她能多露出笑容就好了。

「柴健，你在幹嘛啊～？」

健一個人杵在走廊上的時候，去福利社買東西的虎太朗和幸大走了回來。

「你剛才是在跟高見澤同學說話嗎？」

幸大朝教室瞄了一眼。

「是說，你最近為什麼一直跟高見澤搭話啊？」

Word1

~話語1~

虎太朗一臉狐疑地問道。

「這個嘛，為什麼呢~？」

這麼打馬虎眼之後，虎太朗露出滿臉疑惑的表情。

「比起這個，虎太朗，你不趕快吃的話，時間會不夠喔~」

虎太朗像是被點醒般喊出「啊！對喔」，接著便走進教室。

也準備跟上他的腳步時，健被幸大一聲「柴健」喚住。

「嗯？幹嘛，幸大？」

「節操是很重要的東西喔。」

這麼說之後，幸大以手指推了推眼鏡。

◆◇◆♥◆◇◆

放學後，學生們陸陸續續離開校舍。

健來到校舍出入口時，恰巧遇到正在換穿鞋子的亞里紗。

沒有加入任何社團的她，放學大概就會直接返家吧。

健露出笑容，追著她的身影走出校舍。

在走向學校大門的路上追上她之後，健喚了一聲「亞里紗」。

轉過頭的她「嗚！」了一聲，還稍微往後退。

她的臉上明顯寫著「我不擅長應付這個人」。

（她還在提防我啊……）

亞里紗對健的態度遲遲沒有改變。

儘管如此，後者仍露出笑容向她攀談。

「回家路上啊，有一間不錯的義大利冰淇淋店……」

「我不去。如果沒有必要，不要跟我搭話。」

「就是因為有必要，我才會跟妳搭話啊。」

亞里紗一臉不悅地沉默下來。

「我想更進一步了解妳喔。」

「……就算了解了，也沒什麼有趣的。」

「咦～我覺得很有趣啊。」
看到健嘻皮笑臉地這麼回應，亞里紗頓時語塞。
「如果妳也能對我產生一點興趣，我會很開心耶。」
「不好意思，柴崎同學。我對你沒有半點興趣。」
伸出一隻手表示拒絕後，亞里紗便大步走向大門。

「嗯～……」
忍不住發出這樣的低吟時，健聽到一陣笑聲從銅像的陰影處傳來。
（這聲音是……）

「我說～你們在偷窺什麼啊？」
健朝銅像走近，探頭往後方一看，發現蹲在地上的幸大和虎太朗正在拚命忍笑。
「我們哪有偷窺啊，是剛好而已！我們剛好從這裡路過啦。」
虎太朗道出一點都不像辯解的辯解。
「而且，為什麼只有你們兩個有蘇打冰棒可以吃啊？虎太朗，我的呢～？也有我那一份對吧～？」

健帶著滿面笑容輕拍虎太朗的肩頭這麼問。

「來，柴健，這支是你的。」

說著，幸大從塑膠袋裡掏出一支冰棒。

接過冰棒的健「啥～？」了一聲，然後露出不開心的表情。

「為什麼你們倆的冰棒是蘇打口味，我的卻是豚骨口味啊？噯～虎太朗，這是怎麼一回事？是說，豚骨口味的冰棒是什麼東西啦！」

「我也沒辦法啊，冰櫃裡只剩那支了嘛！」

「哦～……不然～我們來交換口味吧，虎太朗。」

「我才不要。等……柴健，住手，不要啦。我說真的！這不是鬧著玩的耶！」

「來，啊～」

健拿著豚骨冰棒，硬是塞進一心想逃跑的虎太朗口中。

「————！」

嘴裡含著冰棒的虎太朗，無力地雙手雙膝觸地。

看到他痛苦得雙眼泛淚的模樣，幸大以手機拍下照片。

「不准拍，幸大！」

「下個月的校內報紙，我要負責撰寫『今夏強力推薦的冰品』的報導呢。」

「不要強力推薦這種鬼東西好嗎？再說，如果是校刊社的社員，就應該自己吃，然後再寫下心得啊！」

聽著幸大和虎太朗的對話，健也跟著笑出聲來。

他大口品嚐著從虎太朗手上搶過來的蘇打冰棒。

「嗳～幸大、虎太朗。我們回家路上去吃碗拉麵吧？我總覺得突然好想吃豚骨拉麵喔～」

「別再說……豚骨了啦！」

臉色發白的虎太朗反胃地以手掩嘴。

像這樣，三人聊著沒什麼營養的對話，一如往常地踏出腳步。

◆◇◆♥◆◇◆

放學後，原本一直下的雨終於停了。吹來的風帶著重重的濕氣。

經過操場外圍時，健看到虎太朗似乎正在和其他足球社社員開討論會。

在操場一角，包括雛在內的田徑社社員，則是在樹蔭處做著伸展操。

至於隸屬校刊社的幸大，現在也在參加社團活動吧。

（大家真是努力啊……）

健輕笑一聲，朝學校大門走去。

聽到來電鈴聲後，健掏出手機確認，發現對方是一如往常的那個女孩。

「現在？我剛離開學校……咦？現在就去？不，我等一下是沒什麼事啦……」

他一邊和女孩對話，一邊走在兩旁種滿櫻花樹的通學路上。

看到亞里紗的身影後，健停下腳步。

亞里紗先是朝四周張望，接著走進公園。

懷裡還遮遮掩掩地抱著一個塑膠袋。

（……她在幹嘛啊？）

聽到通話對象喚了一聲「柴健？」後，健才回過神來。

「啊～抱歉，我突然想起有點事要辦。我再跟妳聯絡喔。」

面對發出抗議聲的通話對象，健以一句「抱歉喔～」再次賠罪，然後結束通話。

他將手機塞進褲子的口袋裡，接著朝公園走去。

四處尋找亞里紗的蹤影後，健發現她蹲在一片草叢的暗處。

「啊，喂，不行！」

接著是這樣的斥責聲傳來。

「有什麼東西在那邊嗎？」

健從後方探頭這麼問，讓亞里紗的雙肩猛地抽動了一下。

「柴崎……同學！」

她轉過頭來，慌慌張張地想起身，原本在她腿上的東西於是滾落地面。

「啊！」亞里紗驚叫出聲，朝掉落的物品伸出手。

結果，健早一步撿起那個滾到自己腳邊的東西。

「這是……貓罐頭？」

他望向草叢，發現一隻黑色幼貓正把整個臉埋進貓罐頭裡。

接著，幼貓抬起臉，看似滿足地叫了一聲。

「牠……牠是！」

亞里紗像是想藏匿幼貓般擋在牠前方，同時不停揮舞雙手。

「是野貓？」

「…………！」

原本看似想說些什麼的亞里紗，隨即閉上嘴別過臉去。

「我只是……湊巧經過這裡而已。」

「哦～貓罐頭也是湊巧帶在身上的嗎？」

看到亞里紗勉強裝出來的若無其事表情，健拚命按捺想笑的衝動。

健蹲下來對幼貓伸出手，結果幼貓將身子縮成一團。

Word1
～話語１～

大概是看到陌生人，所以感到害怕吧。
看到健搖晃手指，幼貓戰戰兢兢地朝他靠近。
舔了舔健的手指後，或許是因此放心了，幼貓突然開始以臉頰磨蹭他的手撒嬌。
儘管裝出一臉不在意的樣子，亞里紗的視線偶爾還是忍不住飄過來。
不過，健抬起頭的時候，她又馬上別過臉去。

「這隻貓叫什麼名字？」
「我怎麼知道呀。」
「這樣的話，我可以替牠取名字嗎？」
「……隨便你啊。」
「那麼，就叫亞里紗吧。」
「為什麼是我的名字啊！」
聽到亞里紗分秒不差的吐嘈，健搖晃著雙肩笑出聲來。
「哎呀～因為我總覺得這傢伙跟妳很像嘛。」

「一點都不像。」

「咦～我覺得很像耶。啊～不過，感覺這隻貓比較坦率呢。」

健這麼調侃亞里紗，以輕快的動作抱起小貓然後起身。

（如果妳也能這麼坦率的話，我會輕鬆很多呢。）

「那還真抱歉喔。」

亞里紗不悅地撇頭。與其說在生氣，她看起來比較像是在鬧彆扭。

「亞里紗，妳不把這隻貓帶回去養嗎～？」

健摸著幼貓這麼問之後，亞里紗以「我家不能養……」輕聲回答。

健收回撫摸幼貓的手望向她。

（噢，對喔……）

亞里紗家是神社。家人恐怕是擔心神社的柱子被貓抓傷，所以不准她養貓吧。

「所以，妳才這樣偷偷照顧牠啊。」

健笑著回應。幼貓又開始磨蹭撒嬌，似乎是希望健繼續摸牠。

「我只會照顧到找到飼主為止。」

「這樣的話，在找到飼主前……就叫牠小黑吧？」

健這麼提議後，亞里紗露出一臉沒好氣的表情。

「有夠普通……」

「可是很可愛啊。啊！不過，亞里紗這個名字也很可愛啦。」

帶著滿面笑容這麼說之後，健將幼貓交給亞里紗。

接過幼貓後，亞里紗連忙將快要滑落的牠重新抱好，然後隨即板起面孔。

「我之後可以再來看牠嗎～？」

「反正也不是我的貓……」

亞里紗移開視線輕聲回答。

「那我隨時可以來看牠嘍？」

「咦……！」

「我也會幫妳一起找牠的飼主。」

看到亞里紗一臉困惑地杵在原地，強忍著笑意的健輕輕揮手向她道別，接著便離開公園。

Word1
～話語１～

亞里紗～
……

Word2 ~話語2~

高見澤亞里紗

2月3日生　水瓶座、B型

高一。崇拜模特兒成海聖奈。
老家是神社。想回報虎太朗的恩情。

◆◇◆ Word2 ☆ ～話語2～ ◆◇◆

放學後，在室外飲水處瞥見虎太朗身影的亞里紗，以一聲「榎本！」呼喚他。

大概是社團活動進行到一半吧。虎太朗脫下被汗水浸濕的T恤，正忙著洗乾淨。

「怎麼啦，高見澤？」

將手中的T恤擰乾的虎太朗，毫不在意地將自己曬黑的上半身袒露在外。

雖然有種不知該看哪裡才好的困窘，但既然已經出聲喚住對方，總不能就這樣離開。

不得已，亞里紗只好繞到洗手台的另一側，背對著虎太朗開口：

「關於柴崎同學啊……」

「妳說柴健？」

「你能不能想點辦法？」

Word2
～話語2～

「要想什麼辦法？」

「就是……想點辦法啊。」

亞里紗聽著從背後傳來的水聲，支支吾吾地這麼回答。

只要看到自己，健就會主動過來攀談，也會說一些調侃的話。

老實說，亞里紗實在不知道該怎麼應付他。

（從以前到現在，我的身旁從來沒出現過那種人啊……）

亞里紗原本以為只要以冷淡的態度應對，一陣子之後，健就會知難而退，沒想到現況卻完全相反。

「妳被他糾纏啊？」

「也算不上糾纏啦……」

「不然是怎樣？」

水龍頭被轉緊的聲音從後方傳來。水聲也跟著停止。

只要健出現在身旁，亞里紗就會覺得靜不下心來。

就算想徹底無視他，也是很困難的一件事。自己的步調總是會被他打亂。

亞里紗對現在的自己很滿足，也拚命在守護這樣的狀態。

這樣的狀態彷彿會被打破，讓她相當不安。

「總之，我很困擾啦……！」

不知道還能說些什麼的她，只好這麼表示。

「是說，妳為什麼找我說這些啊？直接去跟柴健講不就好了嗎？」

「你跟他交情不錯吧？我看你們經常聚在一起啊。快想想辦法啦。」

亞里紗稍微轉過頭。她看到虎太朗把毛巾掛在脖子上，然後嘆了一口氣。

「所以，妳希望我怎麼做？」

「我希望他不要再出言調侃我了。」

「妳就這麼討厭柴健喔？」

「算是討厭嗎……應該說我很不擅長應付他……」

Word2
～話語2～

靠在洗手台上的亞里紗老實說出真心話。

「畢竟柴健都會看心情行動、又很隨便、老愛開玩笑、總是亂來、態度又很強硬、動不動就蹺課、完全不認真、老愛追著女生跑、又很好色、很差勁，還很挑食……」

說到這裡，虎太朗沉默下來，一臉苦惱地抓了抓頭。

「我……為什麼會跟那傢伙變成朋友啊？」

「不要事到如今還問自己這種問題好嗎？」

「總之，那傢伙也是有優點的啦！」

「例如？」

「例如……對……對女孩子很溫柔？」

「但他只會對我說一些壞心眼的話耶。」

「是因為那個吧，他應該是想跟妳打好關係啦。用他的方式……」

「為什麼？」

「為……為什麼啊？」

虎太朗以認真的表情思考起來。

「不過，他一定沒有惡意啦！柴健就是這種人。」

聽著虎太朗笨拙地替健辯解，亞里紗不禁輕笑出聲。

「榎本，你真的是個好人耶。」

「真要說的話……妳也是吧，高見澤？」

「我哪裡是好人啦？」

「我說不上來，但就是這麼覺得。」

虎太朗將擰乾的T恤攤開，再次套在身上。

（什麼跟什麼啊。根本無憑無據嘛。）

「柴健這個人意外地也很不錯喔。真的。」

「反正一定又是『我說不上來，但就是這麼覺得』吧？」

「是啊～」

笑著這麼回答後，虎太朗拎著毛巾走回操場。

Word2
～話語 2～

「有夠不可靠耶……」

為了抵擋陽光的熱度，亞里紗以手抵在額前，然後這麼輕喃。

她也明白健其實是個很不錯的人。

聽虎太朗說，國中時替亞里紗撿回她遺失的熊貓吊飾的人，其實是健。

那時候，亞里紗跟健不同班，兩人甚至不曾說過話。

她不知道健為什麼會這樣在意自己。

到頭來，她仍然沒能為那時候的事情道謝。

明明想要確實說出口的——

那句「謝謝」。

◆◇◆　♥　◆◇◆

打掃時間結束後，學生們迅速將書包收拾完畢，陸陸續續離開了校舍。

隨意打掃過後，做好放學準備的健，也拿著手機在走廊上前進。

用貼圖回應別人傳來的訊息後，健抬起頭，看到兩手都提著一大包垃圾的亞里紗朝階梯走去。

跟她負責打掃相同區域的其他女孩子，則是有說有笑地一起走進廁所。

一個人提兩大包垃圾是很吃力的事，但沒有半個人願意伸出援手。

不過，打從一開始，亞里紗似乎也沒有期望誰來幫助她就是了。

（她在幹嘛啊？說聲「幫我一下」不就好了嗎？）

無論是什麼時候，她都企圖獨力解決事情。

對亞里紗而言，這或許已經變得理所當然了吧。

她似乎完全沒想過讓別人來幫助自己或是依靠他人。

總是這麼固執，不願主動朝別人靠近。

（差不多可以稍微敞開心房了吧……）

Word2
～話語2～

健的內心湧現一股莫名的焦躁感。他將手機塞進褲子口袋。

他追上亞里紗，從她手中接走其中一包垃圾後，亞里紗以困惑的表情抬頭望向他。

「妳要把這些垃圾拿去垃圾集中區對吧？」

「是沒錯啦……沒關係，我可以自己提過去。」

「為什麼？我都主動要幫妳了耶。」

健原本想露出一如往常的笑容這麼說，卻沒能做到。

「因為這是我的工作……」

「不對吧？是其他人推給妳的吧？」

一群開心談笑的學生從旁跑下樓梯。

在他們的身影和聲音消失前，健和亞里紗都默不作聲。

等到周遭再次安靜下來，健開口了。

「妳……為什麼老是這樣一個人忍耐啊？」

「我沒有在忍耐啊。這又跟你沒關……」

「像這樣啊～」

健提高音量打斷亞里紗的話，後者因此吃了一驚。

「動不動就說跟你沒關係、跟你沒關係，把大家從自己的身邊趕走，有什麼意義嗎？」

（就算有人想幫妳，也會變得什麼都做不了啊。）

健感到焦慮不已。

（啊啊……不行，我沒辦法像平常那樣打圓場。）

還在念國中時，他只能一直旁觀。

他找不到讓自己採取行動的理由，也總是找不到開口搭話的時機。

升上高中後，健原本以為終於能有些轉變——

「我才不想被柴崎同學你說這些。」

「妳就是這樣，才會一直落單！」

健不慎脫口而出的這句話，讓亞里紗的表情一瞬間僵住。

她的雙眼透露出泫然欲泣的動搖，像是為了強忍住淚水般緊緊閉上嘴巴。

「你絕對……不可能理解的。」

留下這句拒絕的話之後，亞里紗穿過健身旁離去。

（什麼跟什麼啊……為什麼要這樣擅自斷言？）

我明明有試著理解妳啊。明明想更理解妳啊。

健將拳頭緊握到發疼的程度。

（妳這個……！）

他快步追上亞里紗，在她轉頭時拿走她手中的另一包垃圾。

「等等……！」

健無視亞里紗的呼喚聲，速速走向校舍出入口。亞里紗從後方追了過來。

走出校舍出入口，來到垃圾集中區之後，可以看到目前不再使用的老舊小型焚化爐一旁，放置著巨大的可燃垃圾收集箱。健將手上的垃圾扔了進去。

儘管工作結束了，兩人卻都杵在原地沒有離開。

在這片尷尬的氣氛中，不知維持了多久的沉默後——

亞里紗輕聲開口：「不要……」

「再管我了。」

語畢，她沒有望向健，直接走回校舍。

（噢，這樣嗎……）

「那就隨便妳吧。」

健有些自暴自棄地拋下這句話，轉身離開現場。

◆◇◆　　◆◇◆

Word2
～話語2～

隔天的第一堂課要換教室。

捧著課本和筆記本走出教室時，亞里紗看到健和幾個女孩子從反方向有說有笑地走過來。她不禁停下腳步。

（柴崎同學……）

「然後啊，之後有一場演唱會……」

「咦～！很不錯嘛，我們一起去吧。要約在哪裡見面？」

「演唱會六點開始，所以～……」

健和女孩子們從亞里紗身邊走過。他們開心的談笑聲也慢慢消失在走廊的另一頭。

（……他連看都不看我一眼。）

他應該有看見亞里紗才對，應該有察覺到她的存在才對。

換做是平常，只要一看見亞里紗，健必定會馬上來到她身邊，不管亞里紗以什麼態度應對，仍會鍥而不捨地跟她說話。

（咦……？）

發現自己眼眶泛淚，亞里紗大吃一驚，連忙望向天花板。

「妳就是這樣，才會一直落單！」

她想起健說過的這句話，感到胸口深處一陣刺痛。

就算被亞里紗以冷淡的態度敷衍，他仍會對她展露笑容。

這樣的健，昨天卻完全沒有笑。

很隨便、老愛開玩笑，又不夠認真……

但健並不會刻意說出傷人的話。她從沒有看過這樣的他。

不過，讓健說出那種尖銳發言的人正是自己。拒絕了好心想幫忙的他的人，同樣也是自己。

（……我為什麼這麼不坦率呢？）

明明只要說一句「謝謝」，讓對方幫忙自己就好了。

Word2

～話語２～

亞里紗也明白，被別人以「這跟你沒關係」拒絕，是多麼令人心酸。

健恐怕不會再向她搭話，也不會再對她笑了吧。

亞里紗快步往前走去。

『噯，亞里紗。』

健笑咪咪地朝自己搭話的表情，一直在亞里紗的腦中徘徊不去。她忍不住緊緊閉上雙眼。

◆◇◆　♥　◆◇◆

放學後，健走出校舍，發現天空一片昏暗，雨點也不停敲打著柏油地面。

或許是來得很急的一場雨吧，原本待在操場上的運動社團成員，開始慌慌張張地收拾東西。

健撐著傘，一邊跟班上的女孩子閒聊，一邊步出學校大門。

來到公園外頭時，一陣貓叫聲讓他停下腳步。

從灌木叢裡頭鑽出來的，是之前被亞里紗餵養的那隻黑色幼貓。

想起亞里紗當時的樣子，健臉上浮現淺淺的笑意。

看到健後，幼貓露出「你是那時候的人！」的閃亮眼神，快步朝他靠近。

「啊，這隻小貓，是之前被丟在學校大門旁邊的……」

摟著健手臂的女孩子這麼開口。

「果然是沒有飼主的貓咪嗎？」

「應該是吧？牠跟好幾隻小貓一起被放在紙箱裡棄置在校門旁。其他小貓好像都已經有人收養了，只剩下牠而已。」

「哦～……」

幼貓的腳上沾滿泥巴，身上也黏著樹葉和草屑。

Word2
～話語2～

被雨水打濕的毛黏在身體上，讓牠看起來比之前更瘦小。

（無處可去嗎……）

健蹲了下來，一手撐著傘，另一隻手伸向幼貓。

發現健以手抱起自己瘦小的身軀，幼貓吃了一驚，但並沒有掙扎。

「柴健，你的制服會弄髒喲～你要拿這隻小貓怎麼辦？」

走在一旁的女孩子問道。

「我要養牠。」

女孩「咦～」地皺起眉頭。

「要養的話，怎麼不養一隻可愛一點的呢？牠是野貓耶。」

「我就喜歡這傢伙啊。」

健輕撫在懷中舒服縮成一團的幼貓，笑著這麼回答。

敲打著傘面的雨水滴落肩頭。

◆
◇
◆

◆
◇
◆

亞里紗提著裝了貓罐頭的塑膠袋，焦急地朝四周張望。

雖然在公園裡找過一輪，還是不見幼貓的蹤影。

（牠該不會是不小心跑到馬路上，然後被車子撞到之類的吧……）

這樣的不安想法從腦中閃過。亞里紗不自覺在雨中奔跑起來。

「小黑……？」

儘管試著這麼輕聲呼喚，她仍沒有聽到任何貓叫聲回應自己。

（牠根本沒有出來啊。）

都是因為這個名字取得太隨便了。明明還有更好的名字才對。

「真是的……跑到哪裡去了呢？」

Word2
～話語 2～

亞里紗走到公園外頭的馬路上，邊走邊尋找幼貓的蹤影。

「咦，高見澤同學……？妳在做什麼？」

突然聽到這樣的呼喚聲，亞里紗吃驚地停下腳步。

她轉頭一看，發現是身穿運動服的雛。

雛或許是在慢跑途中遇到下雨，正打算返回學校吧。

「瀨……瀨戶口……同學。」

「妳要回家了？」

「……算是吧。」

這麼敷衍帶過後，亞里紗望向雛濕透的運動服。

雨滴不斷從她的臉頰和髮絲滑落。

「妳這樣……會感冒喔。」

「嗯，真的呢。不過，反正是運動服，沒關係。」

雛朝自己身上望了一眼，以有些尷尬的笑容回應。

猶豫了半晌後，亞里紗以自己的傘替她遮雨。

「妳要回學校對吧？我也是，所以……」

「啊……謝謝……」

雖然露出吃驚的表情，雛仍確實向她道謝。

就這樣，亞里紗和雛撐著同一把傘走回學校。

因沉默而產生的窒息感，雛想必也感受到了吧。現在，兩人的臉都是望向另一側的狀態。

升上高中後，儘管被分到同一班，但亞里紗跟雛並沒有什麼說話的機會。

還在念國中時，亞里紗曾經介入雛和綾瀨戀雪之間，所以，雛對她恐怕有些芥蒂吧。

「妳……有跟戀雪學長搭話嗎？」

亞里紗沒有望向雛這麼問，但沒有聽到回應。

她不禁朝雛瞄了一眼，發現後者露出一臉「嗚～」的表情。

亞里紗認為，雛會選擇進入櫻丘高中就讀，不光是因為她的哥哥瀨戶口優在這裡念書的緣故。她的單戀對象綾瀨戀雪，同樣就讀這間學校。

直到現在，光是看雛的態度，就能知道她的單相思仍是進行式。

有好幾次，亞里紗都曾目睹她站在遠處，眺望園藝社的戀雪照料花圃的身影。

「瀨戶口同學，妳還真是有毅力耶。」

「又……沒關係啊。」

雛一臉不開心地答道。

「到底是他的哪一點讓妳這麼喜歡？」

「妳說哪一點……」

「老是在發呆，又很不起眼，還笨手笨腳的。他到底哪裡好啦？」

朝滿面通紅而支支吾吾的雛望了一眼後，亞里紗故意壞心眼地這麼問。

「戀雪學長也有他自己的優點啊！」

「比起戀雪學長，我覺得有更適合妳的對象耶。」

「那個人在哪裡啊～？」

「例如青梅竹馬之類的……」

「虎太朗？」

雛緊皺眉頭，看起來就是一臉「完全不考慮」的反應。

（她真的徹頭徹尾沒把榎本放在眼裡耶……）

這麼閒聊的同時，學校大門也跟著出現在眼前。

撐著傘的學生們陸陸續續步出學校。

「榎本雖然不像妳哥哥那麼會踢足球，成績也普普通通……但只要努力，應該會有驚人的成長才對。而且，雖然表面上看起來是那個樣子，但他其實很親切，也不會說謊，我覺得是個不錯的人呢。」

「高見澤同學，我想妳大概不知道吧，虎太朗真的超級幼稚的。不管什麼事，都會一下子就認真起來，老愛跟別人較勁，又很不服輸。我完全無法想像他跟我同年。而且又老是做些蠢事！」

「這樣跟妳很相配啊。」

「不用妳多管閒事！」

Word2
～話語2～

兩人穿越中庭，來到社團教室大樓的外頭後，雛停下腳步，轉身望向亞里紗。

「……謝謝妳的傘。」

接著，她說了一句「再見嘍」，就朝大樓跑去。

（唉……）

一如往常，人生盡是一堆無法順心如意的事。

亞里紗將傘面歪向一邊，然後仰望天空。

烏雲逐漸散去，雨勢也稍微變弱了一些。

（究竟要到什麼時候，才能確實傳達出去呢……）

Word3 ~話語3~
用…用我的吧!!
因為我下節課會蹺掉。

◆◇◆ Word3 ☆ ～話語３～ ◆◇◆

（咦……咦？咦～～？奇怪～～～～？）

午休時間，健一如往常地和虎太朗、幸大聚在一起吃午餐。

捧著奶油麵包的他，歪著頭盯著一段距離外的亞里紗。

「喂，柴健，你沒事吧？奶油餡都流到桌上了耶。」

坐在對面吃便當的虎太朗擔心地問道。

在虎太朗身旁嚼著三明治的幸大，也將視線從書頁移往健身上。

（這太奇怪了吧？）

亞里紗在遠處的座位上默默翻著單字卡。

每到午休時間，她總會馬上離開教室，過了一段時間後，才會回到座位上埋頭念書。

Word3
～話語3～

決定和亞里紗拉開一段距離後，這個星期以來，健都不曾主動和她搭話。

如果猛攻沒用的話，就轉攻為守——這是他的作戰計畫。

然而，在健開始無視她之後，亞里紗更是完全對他不理不睬了。

仔細想想，至今主動向對方攀談的人，一直都是健。

亞里紗從不曾動找他說過話。

這個星期，兩人完全沒有能和彼此接觸的共通點。就算在走廊上遇到，亞里紗也是默默擦身而過，在教室裡則是完全無視健。

（這種把我當空氣的態度是怎麼回事啊……）

一般來說，應該多少都會有點在意才對吧。

還是說，對亞里紗而言，健是個根本不足以放在心上的對象？

（我很努力了吧？）

就像個不斷被毆打倒地，卻一直重新爬起來的拳擊手——或許還不到這種程度，不過，面對態度冷冰冰的亞里紗，健確實很有毅力地嘗試和她溝通交流。

或許是這番努力奏效了吧，亞里紗最近也願意稍微跟他聊上幾句。

光是不再禁止健靠近她這點，就已經是相當大的進步了。

（幫她丟垃圾那次，我的發言有點尖銳……是因為這樣搞砸了嗎？）

回想起亞里紗那時泫然欲泣的表情，健不禁以雙手抱頭。

（真的搞砸了吧。我幹嘛說那種話啊……！）

「柴健，如果真的身體不舒服，你還是去一趟保健室比較好吧？」

「……咦？啊？什麼？」

聽到虎太朗擔心的話語，健終於回神而抬起頭。

「你是不是有什麼很苦惱的事？說出來吧，我們不是摯友嗎？」

「幸大……你……」

健望向被幸大握在手中的筆和筆記本。

「你是想趁我掉以輕心時做什麼採訪嗎！」

「噢，我手上這些東西不重要，你別在意。」

幸大以手指推了推反射出銳利光芒的眼鏡。

Word3
～話語3～

（不不不，你的本子封面寫著「題材記錄本」耶。絕對是想把我說出來的事情，撰寫成校內報紙的其中一篇報導吧！）

健再次望向亞里紗，發現她已經起身，正快步準備走出教室。

她依舊帶著一臉淡漠的表情，連看都不看健所在的方向。

她大可主動開口跟我說話啊。就算只有一次也好。

這樣一來，彷彿是健被她徹底無視。

（呃，咦？難道……就是這麼一回事？我被她無視了嗎？）

「噯～柴健，你果然是肚子痛吧？你的表情變得超奇怪耶。」

「感覺是末期了呢……所以，發生什麼事了？詳細說明一下吧。」

（這兩個傢伙完全不行啊。）

健把沒吃幾口的奶油麵包塞進虎太朗嘴裡，然後從座位上起身。

「我……回去了。」

『那麼，明天放學後我就去接你們。聽好嘍，一定要把他帶來攝影棚！要是放著那孩子不管，他不知道會做出什麼事呢！我只能拜託你了，愛藏！』

「為什麼是我啊……」

『總之，你要記得喲。還有，記得看一下簡訊！』

單方面交代完聯絡事項後，經紀人便掛上電話。愛藏厭煩地嘆了一口氣。

不知不覺中，他已經抵達門牌寫著「柴崎」兩個字的家門口了。

打開玄關大門後，他看見一雙被脫下來亂丟的皮鞋。

踏進屋裡，準備前往洗手間的他，聽到水聲和哥哥的聲音從裡頭傳來。

「啊，喂，不要逃啦！」

因為聲音聽起來有回音，所以，應該是從浴室傳出來的。

（……他是把女人帶回來了喔。）

Word3
～話語3～

愛藏這麼想著，無力地轉身走回客廳。

「啊～……糟糕透頂。」

他扔下書包，一屁股坐在沙發上，仰起上半身望向天花板。

（不應該回家的……）

聽到開門聲，愛藏慢吞吞抬起頭，結果跟看起來剛洗好澡的哥哥對上視線。

「……你為什麼在家啊？」

看到他垮下臉這麼問，愛藏也不自覺皺起眉頭。

「我在家不行嗎？是說你…………」

（咦……小貓？）

發現哥哥懷中抱著一隻幼貓的他，不禁重新睜大眼睛確認一次。

看起來舒服自在地縮成一團的幼貓，正在用自己的前腳洗臉。

（他是從哪裡抓來這隻小貓的啊！）

哥哥抱著小貓走向廚房，打開冰箱，取出裡頭的紙盒裝鮮奶。

愛藏連忙從沙發上起身。

「等等等等等等——！」

他將哥哥推開，然後用力關上冰箱大門。

「你在幹嘛啊？」

「你打算給牠喝什麼啦！」

「…………牛奶啊。」

「這樣可能會讓牠吃壞肚子耶！不是有幼貓專用的配方奶嗎？」

「是喔？你不能喝牛奶啊？」

看著哥哥這麼詢問被自己揣在懷裡的小貓，愛藏無力得想要雙手抱頭。

（沒救了……）

「在我回來之前，你什麼都不要做喔。絕對不要做任何多餘的事情！」

（要是交給這傢伙負責，小貓絕對會很危險！）

「還有，不要用這副打扮在家裡閒晃啦！」

客廳。

「啥？為什麼我得這樣被你說東說西的啊。」

面對一臉不悅的哥哥，愛藏以「什麼都不要做喔！」最後叮嚀一次，接著便快步走出

◆◇◆ ♥ ◆◇◆

「啊～……熱死了～……」

因為剛洗完澡，整個身體仍是熱呼呼的狀態。

冷氣才剛打開，所以房間裡仍充斥著悶熱的空氣。大概要再花上一點時間，才會變得涼爽起來吧。

健坐在沙發上，將蘇打冰棒放進口中。

（……話說回來，我跟那傢伙幾年沒說過話啦？）

以另一隻手替被包裹在浴巾裡的小黑擦乾身體時，小黑伸出了前腳。

牠那雙凝視著蘇打冰棒的眼睛，透出期待的光芒。

Word3
～話語3～

「……你想吃這個啊？」

健這麼問之後，小黑規規矩矩地在他腿上坐直，發出叫聲討食。

「真拿你沒辦法耶～」

「我～都～說～了～你不要給牠吃奇怪的東西啦。」

被人從旁邊踹了一腳後，健轉頭怒瞪對方，以一句不悅的「啊啊？」回應。

愛藏氣喘吁吁地回來了，雙手還各拎著一個塑膠袋。

他似乎騎腳踏車火速去了附近的寵物店一趟。

「這些拿去！要養的話，就好好照顧牠。」

將手上的塑膠袋塞給健後，愛藏便速速離開了客廳。

看到健從塑膠袋裡取出的紙袋，小黑像是期待已久似的將整個臉探進去。

裡頭是幼貓用配方奶粉、貓罐頭、貓用沐浴乳、飼養手冊，以及貓廁所用的貓砂。最後，健挖出一支前端是毛茸茸設計的逗貓棒。

「那傢伙……這麼喜歡貓喔？」

看著小黑一心想抓住逗貓棒的專注模樣，健將牠攬入懷中，「呵」地笑了一聲。

◆◇◆♥◆◇◆

（不妙啊……該怎麼辦才好？）

健跟亞里紗不再和彼此說話的狀態，已經邁入第二個星期。

今天，健原本盤算著要主動跟亞里紗攀談，而鬥志滿滿地來到學校。然而，因為兩人曾一度拉開距離，現在的他完全不知道該在什麼樣的時機找她說話。

再這樣下去，自己真的會被她從腦中刪除。

（這就糟了吧。等於過去的付出全都白費了啊！）

「不對……為什麼我非得這麼拚命不可啊！」

健來到設置在階梯旁的自動販賣機前方，一邊嘟囔著，一邊挑選架上的飲料。

這時，一陣「柴健～」的呼喚傳來，讓他的手指不小心按下旁邊的按鈕。

掉落在取物口的，是他一點都不想喝的罐裝「紅豆湯」。

Word3
～話語3～

（為什麼到了夏天還在賣紅豆湯啦？）

面對眼前這台毫無季節概念的自動販賣機，健嘆了口氣，無奈地拾起罐裝紅豆湯。

「嗳～柴健，我們在想啊～今天放學後，要不要大家結伴去哪裡玩呢？你也一起來吧？還有其他學校的女孩子會參加喲～」

「啊～……這個嘛……」

「咦～走嘛～你不來的話，就會很無聊呀！」

「對啊對啊～有很多可愛的女孩子會來喔～」

被女孩子們拉扯著手臂的柴健，發出「嗯～……」的沉吟，然後打開紅豆湯的罐子湊近嘴邊。

（……嗚，好燙！）

「是說啊～柴健，你最近都沒有跟高見澤同學來往了耶。」

「你為什麼會跟她搭話呀？」

聽到身旁的女孩子這麼問，柴健「咦？」了一聲，放下原本湊近嘴邊的飲料罐。

「你喜歡那種類型的啊？」

「不……因為，我跟她好歹是同班同學嘛。」

以笑容這麼含糊帶過後，身旁的女孩子們露出「啊～」的理解表情，然後望向彼此。

「因為看到高見澤同學沒什麼朋友，覺得她很可憐嗎？柴健，你真會照顧人耶。」

「從國中時期開始，高見澤同學就一直是那種感覺吧？」

「沒錯沒錯～對人的態度很冷淡，而且感覺完全沒有要融入班級的意思。」

（看吧。就是妳一直擺出冷冷的表情，才會讓別人覺得妳很難親近啊。）

健一邊聽著女孩子們的閒聊，一邊啜飲著甜膩的紅豆湯。

「國中的時候，她好像在班上引發了一些問題呢～」

「什麼問題？霸凌嗎？」

「好像是她去霸凌同班的女孩子，最後反而讓自己在班上被孤立。」

（咦……喂，等一下。不是這樣吧？）

「未免也太差勁了吧。柴健，你還是不要跟她扯上關係比較好喔。」

「不，可是……這種八卦不一定可信吧？」

聽到健這麼回應，他身旁的女孩子面面相覷。

「我是聽跟她念同一所國中的女生說的，所以一定是真的啦。」

「她看起來就是會做這種事的人啊。」

（我也跟她念同一所國中啊。）

而且，健也曾目睹她在頂樓痛哭失聲，以及大喊「再這樣下去不行啦！」的瞬間。

聽著身旁女孩子們自以為是的發言，健以一句「可是——」打斷。

「亞里紗是個好女孩喔。」

「咦～！她哪裡好啊？」

「她是個好女孩沒錯。只要試著跟她聊聊，就能聊得很開心。那個傳聞不可能是真的啦。」

健丟下仍不滿地喊著「咦～」的女同學，獨自返回教室。

聽到健的聲音，亞里紗在階梯的轉折處停下腳步。

（看吧。就算不來找我說話，他也能過得很開心……）

看到健在自動販賣機前方跟女孩子們閒聊的身影，亞里紗轉頭準備離開。

「從國中時期開始，高見澤同學就一直是那種感覺吧？」

「好像是她去霸凌同班的女孩子，最後反而讓自己在班上被孤立。」

（這是……在說我嗎？）

踩上兩層階梯的亞里紗再次停下腳步，仔細聆聽傳入耳中的對話。

至今，她已經聽過很多這樣的傳聞了。

也早已習慣聽到別人說自己的壞話。

事到如今，她也不打算出面澄清「不是這麼一回事」。

她以為，無論被誰這麼看待，自己都會覺得不痛不癢。

（他果然是個八面玲瓏的人呢。）

直到前陣子，都還會嘻皮笑臉地向亞里紗攀談的健，現在卻迎合其他女孩子，熱烈討論著和她有關的八卦。

亞里紗明白，自己並沒有資格責備這樣的健。因為她也一樣。

表情變得黯淡的她，低頭望向自己的腳邊。

「亞里紗是個好女孩喔。」

聽到健這句話，亞里紗像是觸電般猛地抬起頭。

「咦～！她哪裡好啊？」

「她是個好女孩沒錯。只要試著跟她聊聊，就能聊得很開心。那個傳聞不可能是真的啦。」

（為什麼……）

發現自己差點這麼問出聲，亞里紗連忙以手掩住嘴巴。

看到健不打算繼續這個話題，準備朝她的所在處靠近後，亞里紗連忙轉身衝上階梯。

聽信傳聞，然後跟別人一起說自己的壞話——亞里紗的身邊盡是這種人。

（但是他……相信我。）

國中的時候，她跟健幾乎沒有交集。

升上高中後，也因為自己總是以冷淡的態度回應，而讓健生氣了。

之後，健不再主動向她攀談。亞里紗以為自己已經被他討厭了。

（但是他卻替我說話。）

感覺胸口湧現一股暖流，亞里紗不自覺地緊緊揪住制服胸口處。

◆◇◆♥◆◇◆

儘管彼此不再說話的狀態已經進入第三週，亞里紗仍一如往常地獨自待在自己的座位上。

這天的午休時間，健一邊心不在焉地聽著幸大和虎太朗的閒聊，一邊把玩手機。

（差不多該找她說話了吧？你想讓這樣的狀態持續多久啊？）

（要跟她說什麼啊？更何況……我有這麼做的理由嗎？）

兩個聲音在他的心中爭執著。

要是被問到「妳和健是朋友嗎」，亞里紗想必會以「不是」來否定吧。他們倆的關係，就只是普通的同班同學而已。

一旦拉開距離，就沒有再追上去的理由。

健用手機啟動瀏覽器，輸入「向人搭話的內容和理由」，試著進行相關搜尋。

找不到符合搜尋字詞——

（我想也是……）

他將手機關機，不經意望向教室的某處。

站在課桌前的亞里紗，正在焦急地翻找自己的書包。

（……她忘記帶課本了嗎？下一節課是數學對吧？）

健班上的數學老師，向來以嘮叨和嚴格聞名。

若是被抓到忘記帶課本，恐怕會被罰站，同時還得聽他說教吧。

（喂，怎麼辦啊……）

他對拿著數學課本的那隻手使力。

「噯～柴健，從今天開始就是考試週了吧？你有沒有準備……」

看到健突然起身，話說到一半的虎太朗坐著抬頭仰望他。

原本在看書的幸大也跟著抬起頭來。

（我在緊張什麼啊？就只是跟她搭話而已嘛。這不是很簡單嗎？）

至今，他已經主動找亞里紗攀談好幾次了。

只要一如往常地露出笑容，以輕鬆的心情朝她開口就好。

他再三這麼說服狂跳不已的心臟。

「喂，柴健？」

聽著虎太朗從身後傳來的聲音，健朝亞里紗的座位走去。

「用……用我的吧！」

他朝愣住的亞里紗遞出自己的課本。

「因為我下節課會蹺掉。」

（我幹嘛說得吞吞吐吐的啊！）

倘若是事先想好的台詞，要他說幾句都可以。

不習慣的即興演出，讓健完全亂了方寸。

亞里紗一瞬間輕笑出聲，接著別過臉去。

「謝謝你……」

悄聲這麼表示後，她露出羞澀的表情。

（咦，奇怪……？這是……怎麼回事？我怎麼會這麼……）

感受著激烈到幾乎發疼的心跳，以及在體內流竄的熱意，健手足無措到說不出半句話。

「可是，蹺課是最差勁的行為～恕我拒絕！」

「呃……喂！妳拿去用啦！」

健慌慌張張地對離席的亞里紗這麼說，但她仍然沒有回過頭來。

「哈哈！我這樣超遜的啦！」

健不禁這麼脫口而出。

總是刻意耍帥，以為有能力好好控制自己的情感，結果根本不是這麼一回事。

光是剛才幾句簡短的對話，就讓健緊張得要命，甚至連話都說不好。

然而，亞里紗的一句「謝謝你」，又讓他如此心花怒放。

（我的個性是這樣子的嗎？）

過去，他應該可以表現得更完美才對。

在亞里紗面前，他卻總是做得很糟糕，一直讓她看到自己沒出息的一面。

無論是演戲，或是打馬虎眼，全都是白費功夫。

仔細想想，或許從一開始，亞里紗就已經看穿他的一切了。

Word3
～話語3～

就算很糟糕、就算很遜，但這就是他。
（事到如今，再耍帥也沒什麼意義了嘛。）

根本不需要上網搜尋什麼理由。
只是想跟她說更多話而已。光是這樣的動機，就已經足夠。

和裝作不曾察覺的「戀情」相遇——

◆◇◆♥◆◇◆

放學後，健在鞋箱旁和班上的女孩子閒聊時，瞥見亞里紗的身影從旁經過。
「然後啊~柴健，之前聯誼認識的那個女孩子，說還想跟你……」
「啊！抱歉，我想起自己還有點事情要處理。」
「咦！等一下啦，柴健！」
草草結束這段對話後，健朝正要步出校舍出入口的亞里紗追了過去。

「亞里紗～」

踏出校舍的健這麼出聲呼喚，亞里紗卻只是加快腳步走向學校大門。

她似乎決定裝作沒聽到。

「噯～我們等一下～……」

「請恕我拒絕。」

以堅定的語氣打斷健後，亞里紗便速速離去。

（我想也是……）

健以傷腦筋的笑容目送她遠去。

她那冷淡的態度和話語，總是使我的內心動搖。

該怎麼做，才能讓妳回過頭來看我？

該怎麼做，才能讓妳對我笑？

該怎麼做，才能讓自己映在妳的雙眸之中？

她帶刺的那些話，總是擾亂我的心。

Word3
～話語3～

看著自己如此拚命的模樣，讓我想笑著自嘲「很遜耶」。

儘管如此，還是想縮短兩人之間的距離。

每天，我都會鍥而不捨地尋找這樣的方法。

謝謝你…
Word4 ~話語4~

可是，蹺課是最差勁的行為～
恕我拒絕!!
呃…喂!!
妳拿去用啦!!
哈哈！
我這樣超～遜的啦!!

Word4 ☆ ～話語4～

週六，在女性友人邀約下，健在速食店吃過午餐後，便跟她們一同前往卡拉ＯＫ唱歌。

在歌曲音量震耳欲聾的包廂裡，健靠在椅背上，呆滯地眺望著女孩子們忘我高歌的身影。

「柴健，你從剛才就一直沒有唱歌耶！」

聽到其中一個女孩語帶不滿地這麼說，健笑著以「我沒關係啦」帶過。

取而代之地，他一一詢問女孩們想吃的東西，替她們點了飲料和薯條。

（……以前，唱歌是這麼無聊的活動嗎？）

健啜飲著服務生端來的薑汁汽水，望向自己的手機螢幕。

至今，跟別人交換聯絡方式，一直都很簡單。

Word4
～話語4～

只要主動開口，對方基本上都會大方地和他交換聯絡資料。之後，再適時傳幾則訊息噓寒問暖就好。

就只是這麼一回事。聊什麼都無所謂，也不曾遇過沒有話題可聊的困擾。

可是，他現在卻連這麼簡單的事都做不到。

儘管還有幾則未讀的訊息，健卻看也不看，直接將手機塞進口袋裡。

再怎麼看，裡頭也沒有亞里紗的聯絡資訊。

（她現在……不知道在做什麼？是不是已經回家了？）

「柴健，你很沒勁耶～！」

一名手握麥克風的女孩不滿地噘起嘴。

「抱歉，我今天狀況不太好，先回去嘍。」

他拎起包包後，一陣「咦～！」的抗議聲跟著傳來。

健帶著笑容朝女孩們揮揮手，接著便離開包廂。

踏出店外已是日落時分，整片天空染上了琥珀色。

穿越車站附近熱鬧不已的街道後，健來到公園附近種著行道樹的道路。這裡的人車相對少。

他走上呈現和緩上坡的這條路，帶著熱氣的晚風輕撫過林木的葉片。

健在神社的石子階梯前停下腳步。

（她大概又會露出一臉不悅的表情吧。）

想像著亞里紗這樣的反應，健不禁笑出聲，以輕快的腳步踩著石階往上。

◆◇◆♥◆◇◆

回到家後，亞里紗換上日式褲裙來到外頭。因為已經是傍晚了，來參拜的遊客也寥寥可數。

她站在被夕陽餘暉籠罩的神社裡，茫然地以手中的掃把清掃地面。

Word4
～話語4～

「亞里紗是個好女孩喔。」

「咦～！她哪裡好啊？」

「她是個好女孩沒錯。只要試著跟她聊聊，就能聊得很開心。那個傳聞不可能是真的啦。」

「我幹嘛回想這些呀……！」

亞里紗瞬間滿臉通紅，不禁用力揮動掃把。好不容易集中在一起的垃圾，就這樣被她打散了。

這陣子，回過神來的時候，她發現自己經常這樣。

都是因為健每天鍥而不捨地主動找她聊一些瑣事的緣故。

所以，她才會忍不住……

原本以為健突然不再跟自己攀談了，但不知不覺間，兩人又回到之前那種關係。

（或許，丟垃圾那天的事，他已經不生氣了吧……？）

從亞里紗忘記帶課本的那天開始，健彷彿什麼都沒發生過似的，再次開始主動找她說話。

她完全猜不透健在想什麼，也無法理解他的心情。

（他真的……好像令人捉摸不定的天氣呢。）

不停地變來變去，讓亞里紗也只能跟著團團轉。

以笑容隱藏自己真正心思的這點，讓亞里紗覺得健跟她很像。

不過，兩人的相似之處也只有這個而已。

「而且，我才沒那麼輕浮呢！對人也不親切，也不會隨便跟別人搭訕！」

儘管是自言自語，音量卻有點大。

要說外觀的話，她也不像戴著耳環、總是不把制服穿好的健那般高調。

無論對象是誰，健都有辦法輕鬆跟對方變成朋友。這樣的他，尤其受到女孩子歡迎。

相較之下，亞里紗總是孤單一人。

要是有健那樣的社交能力，各方面一定都能進展得更順利吧。

話雖如此，若是被問到想不想變成那種輕佻的個性，亞里紗可是壓根不想……

Word4
～話語4～

他們倆的個性一定合不來。想必也沒有共通的興趣。

（啊，不過……我們都喜歡那款熊貓吊飾呢。）

亞里紗曾經瞥見，健的書包上，掛著跟她的熊貓吊飾成對的白熊吊飾。

他會主動找自己搭話，會不會是因為兩人都喜歡這款熊貓？

光是這樣，就讓健把亞里紗當成同伴了嗎？

「應該不可能吧……」

亞里紗靠在掃帚的握把上喃喃自語。

（說到他的其他喜好，大概只有跟女孩子玩了吧。他的身邊總會有女孩子……）

「唉，真是的。不要想了！不要想了、不要想了！」

亞里紗這麼反覆說服自己，然後用力甩頭。

對方不過是同班同學罷了。就算他主動跟自己說話，也僅止於這樣的關係而已。

如果老是為了這種人的事情煩惱，未免太奇怪了。

「喂，亞里紗。妳這樣亂揮掃帚的話，反而會讓沙子到處飛吶。」

被路過一旁的爺爺這麼提醒後，亞里紗才回過神來。

「對……對不起！」

「看看妳，是不是發生什麼好事啦？」

「沒有。什麼事都沒發生！」

「但妳看起來很開心喔。」

笑著這麼說之後，爺爺便走回神社的事務所。

（……我？看起來很開心？）

「用……用我的吧！」

「因為我下節課會蹺掉。」

朝自己遞出課本時，健的嗓音變得有點高亢。

似乎忘記像平常那樣堆出笑容的他，帶著一臉極其認真的表情。

想起這樣的健，亞里紗不禁想要輕笑出聲。

（……那也算是好事嗎？）

Word4
～話語4～

正當亞里紗茫然地思考這些的時候——

「不好意思～」

聽到突然從背後傳來的人聲，亞里紗喊了一聲「是！」而轉身。

看到出現在眼前的是身穿制服的健，讓她的心臟重重跳了一下。

前者的雙眼透出惡作劇的笑意。或許從一開始，健就打算讓她大吃一驚吧。

「你……！」

因為過於驚慌失措，亞里紗一時說不出半句話。為了掩飾這樣的反應，她輕咳幾聲後重新開口。

「……請問有什麼事？」

以淡漠的態度這麼詢問後，盯著亞里紗瞧的健露出看似很開心的表情。

「妳很適合巫女的打扮耶。」

（又馬上就說這種話……）

對健而言，要說出吹捧女孩子的話語，大概就像呼吸那麼簡單吧。

亞里紗不太開心地別過臉去。

臉頰會感覺一陣灼熱，是因為被夕陽照到的緣故。絕對是這樣。

「……請問有什麼事？」

「我是來參拜的啊。」

「那就請你趕快結束參拜，然後打道回府吧。」

語畢，亞里紗轉身繼續打掃，健則是回以一句「再見」，然後從口袋裡掏出錢包。

他耳朵上的耳環，反射落日餘暉而閃閃發光。

這麼說來，國中時亞里紗也曾在通往神社的石子階梯上，跟一名同校的男學生擦肩而過。

她想起那名男學生同樣戴著耳環，而且也沒有好好把制服鈕釦扣上。

（難道那個人……是柴崎同學？）

如果真是如此，那麼，他或許偶爾會到這間神社來參拜。

（他有什麼特別想實現的願望嗎？）

Word4
～話語4～

將五圓硬幣丟進賽錢箱之後，健照著參拜流程拍了拍手。

「希望能跟亞里紗變得更要好～！」

他刻意以亞里紗也聽得到的音量道出心願。

（為……為了這種事許願？）

亞里紗不禁露出傻眼的表情。之前，他或許也曾為了「希望能和可愛的女孩子相遇」這類無聊的願望，特地來這裡參拜吧。

（他真的……是個大笨蛋……！）

這讓亞里紗失去搭理他的力氣——應該說，打從一開始她就沒有要搭理他的意思——而回到自己的打掃工作上。

「那再見嘍，亞里紗。」

儘管打算無視健，但聽到他主動打招呼，亞里紗仍不禁停下手邊的動作。

健帶著笑容揮揮手，接著便愉悅地走下石階。

他為了這種願望，而特地繞遠路造訪這間神社嗎？

「真是個怪人……」

這麼低喃的同時，亞里紗的臉上也不禁浮現笑意。

◆◇◆♥◆◇◆

到了體育課的時間，手握羽毛球拍的女孩子們，各自聚集成小圈圈閒聊著。男生們現在應該在操場上踢足球吧。

「大家都準備好了嗎？那就兩人一組開始練習！」

穿著運動服的老師這麼指示。

有些女孩子很快找到伴，有些女孩子則是幾個人聚在一起，商量要如何分組。

像後者這樣的小團體，也隨即分成幾個雙人組，開始朝體育館比較空的位置移動。

其中，只有亞里紗仍孤立無援地杵在原地。

Word4
～話語4～

她望向周遭，沒看到其他落單的女同學。
（好久……沒有經歷這種事了呢。）
她無奈地用球拍抵著自己的下巴。

「高見澤同學，妳沒有找到伴嗎？」
朝亞里紗走近的老師，帶著有些傷腦筋的表情這麼問道。
「是的……」
「那麼，要跟老師一起打嗎？還是暫時在旁邊看？」
「我在旁邊看就好。」
這麼回答後，亞里紗移動到體育館一角。

她靠在牆上，眺望其他女同學和同伴開心地打羽毛球的身影。
（話說回來，這才是理所當然的狀況呢。）
她總是獨自一人，無法融入人群，只是站在遠處觀望。
最近，亞里紗會忘記這件事，是因為有健在。

回過神來的時候，身旁總是有人在，也會跟自己說話。

或許是因為跟有些聒噪又活潑的健待在相同的地方吧。

這陣子，亞里紗也很少覺得無聊了。

（他可能天生愛多管閒事吧。）

亞里紗將球拍握在身後，抬頭仰望體育館挑高的天花板。

她看到有籃球卡在細長的鋼架上。

「高見澤同學。」

亞里紗將視線拉回正前方，發現雛帶著幾分尷尬的表情站在她的面前。

「……什……什麼事？」

「妳如果找不到人搭檔，我們就一起打吧？」

「……妳不是都跟小金井同學一組嗎？」

雛跟小金井華子很要好，分組時也多半會一起搭檔。雖然她跟華子不同班，但體育課是兩個班級一起，所以還是能同一組。

「我的意思是，我們三個人一組！反正只是練習……我覺得應該沒關係啦。」

Word4
～話語4～

雛有些難以啟齒似的壓低音量。

「這麼說來，這裡也有一個呢。」

（總是多管閒事的人……）

「咦？有一個什麼？」

「沒事，我在自言自語。」

亞里紗按捺著幾乎要浮現的笑意，抬起原本靠在牆上的身子。

◆◇◆♥◆◇◆

放學後，亞里紗獨自留在空無一人的教室裡。

她坐在自己的座位上，攤開昨天剛買來的雜誌，專注地看著泳裝特輯。

「海邊……游泳池……」

（好好喔……）

會湧現這樣的想法，一定是因為窗外那片無邊無際的澄澈藍天的緣故吧。

除了學校的課程以外，自小學畢業後，亞里紗就不曾去過游泳池。至於海邊，也只有在臨海集訓時去過而已。

她沒有能相約去泳池或海邊戲水的朋友，也沒跟家人一起去旅行過。畢竟神社全年無休，她的家人無法隨便離家遠行。

（比基尼……還有連身裙款式……）

她停下翻頁的動作，閱讀專欄報導的文字。

（啊！聖奈學姊也有出現～！）

她似乎也有擔任泳裝模特兒。

成海聖奈跟亞里紗念同一所高中，是比她大兩屆的學姊，也是亞里紗欣羡不已的目標。

以讀者模特兒的身分出道的聖奈，目前在各方面都相當活躍。

在這本雜誌中，她穿上了比基尼式的泳裝。

（這件泳裝好可愛！超棒的！）

胸前的荷葉邊設計非常可愛。最重要的是，這件泳裝和聖奈十分相稱。

Word4
～話語4～

換上泳裝後，聖奈勻稱的身材和修長的雙腿，顯得越發動人。

長得這麼可愛的話，不管穿什麼，一定都很適合吧。

「啊啊，可是……我穿應該不合適吧～……」

先撇開合適與否的問題，就算買了這樣的泳裝，她也沒有能穿著去的地方。

一個人去海邊玩水實在太悲哀了。但穿這樣的泳裝去游泳池，似乎又有點過於高調。

「可是……」

如果有喜歡的東西，我想直接說出喜歡。

這是她國中時聽到的聖奈的發言。

「好，我決定了！」

今年就下定決心買泳裝吧。就算沒辦法買聖奈身上這件，也要買一件新的。

這麼決定後，亞里紗悄悄做出雙手握拳的動作。

「哦～……亞里紗，妳喜歡這種的啊？」

聽到這個突然傳來的人聲，亞里紗嚇到心臟差點跳出來。

從後方伸出的一隻手，一把奪走了她的雜誌。

「柴崎同學！」

亞里紗的嗓音不自覺變得尖銳。

「還給我啦。」

她朝雜誌伸出手，健卻輕快地閃開了，嘴角還看似開心地上揚。

「啊！是成海聖奈耶。喔～她的胸部還滿……」

「你有夠差勁——！」

亞里紗起身，硬是將雜誌從健手上搶了回來。

「剛才那件泳裝很不賴耶。妳要買對吧？」

「我……我沒有要買。」

被健這麼一問，亞里紗不禁馬上否定。

「妳剛才不是還說『好，我決定了』？聽起來幹勁十足耶。」

健探頭過來追問。

（他連這個都聽到了？）

Word4
～話語4～

感覺整張臉瞬間發燙的亞里紗，雙肩不停地輕輕顫抖。

早知道就不要在學校悠哉地翻閱雜誌了。

（好丟臉喔。這種……這種事……！）

「等妳買了泳裝啊～我們就一起去海邊吧？也約虎太朗、幸大和瀨戶口同學他們一起去。暑假馬上就要到了嘛。我們一起打造夏天的回憶……」

亞里紗將雜誌塞進書包裡。

「呃，咦？亞里紗？」

亞里紗避免和健對上視線，就這樣快步走出了教室。

Word5 ~話語5~

我離開一下喔～
しゅたっ
Honey

・◇・Word5 ☆ ～話語5～・◇・

「啊～！真是的，我完全搞不懂女孩子耶～！」

隔天午休，虎太朗這麼埋怨道。

這時，健正和他以及幸大一起走在走廊上。

「你又～惹瀨戶口生氣啦？」

聽到健的調侃，虎太朗垮下臉表示：「才不是這樣咧。」

「啊～！我知道了。是那個對吧？你想靠近她，結果就挨揍了！」

「別把我跟你相提並論啦！」

「瀨戶口同學還是很迷戀那位學長嗎？」

原本一邊走路一邊看書的幸大，此時也抬起頭加入對話。

「咦！什麼什麼？什麼學長啊？跟我說嘛。」

Word5
～話語5～

看到健興奮逼問的反應，虎太朗喊了一聲「幸大～！」並投以怨恨的眼神。

「啊，抱歉，我說溜嘴了。」

儘管嘴上這麼說，幸大臉上卻不見半點愧疚的神色。

「虎太朗，你找幸大商量戀愛相關的問題也沒用啦。問我就好了嘛。」

健嘻皮笑臉地將手搭上虎太朗的肩頭。

「我絕～對不要。反正也只會被你用玩笑話敷衍過去而已！」

「因為你跟瀨戶口的關係實在太有趣了嘛。」

「幸大～我受不了了。我真的受不了這傢伙了啦！」

「你放棄吧，虎太朗。畢竟他是柴健啊。」

「沒錯沒錯～你就放棄吧。」

健笑著這麼調侃後，虎太朗撥開他的手，回道：「我死都不會告訴你～！」

這時，一頭飄逸的黑色長髮映入健的視野。

他轉身，瞥見亞里紗正抱著一疊書本走上樓梯。大概是要前往圖書館吧。

「比起這個，不趕快去福利社的話，麵包就會賣光了喔。」

「對喔，我的炒麵麵包！」

幸大提醒後，虎太朗才像是猛然回神似的這麼喊道。

「我離開一下喔～！」

健這麼向兩人道別，然後光速離開現場。

「咦？喂，柴健！你的午餐怎麼辦啊！」

看著健一下子跑得不見人影，虎太朗不禁一臉困惑。

「那傢伙是怎麼了啊？」

「他最近……好像過得很開心呢。」

「他一直都過得很開心吧？」

「也不見得是這樣喔。」

「是喔？」

這麼喃喃回應後，虎太朗追上幸大的腳步走下樓梯。

Word5
～話語5～

最近，亞里紗多半都待在教室裡吃便當，不再獨自前往中庭用餐了。

跟幸大、虎太朗聚在一起時，健總會一邊打發時間，一邊窺探她的一舉一動。

亞里紗坐在比較靠前方的座位，坐在她旁邊的人則是雛。

或許是因為休息時間就快結束了吧，現在，雛也和友人道別，獨自坐在座位上翻閱雜誌。

亞里紗則是在為下一堂課做預習的樣子。

「虎太朗，你差不多該回教室了。下一堂課快開始嘍。」

「啊～！真的耶。我接下來是現代國語課耶～……」

在幸大提醒下，虎太朗一臉厭煩地從座位上起身。

「幸大，你今天會去社團嗎？」

「不，我要回家。我得去修眼鏡。」

「我今天也不用去社團，那我們一起回家吧。」

「柴健，那你呢？」

「喂～柴健，你有沒有在聽我們說話啊～？」

「好！」

原本倚著桌角把玩手機的健，突然鼓起幹勁起身。

「咦？喂，你要幹嘛？」

他沒有搭理虎太朗，直接朝亞里紗和雛的座位走去。

「嗳～嗳～我們三個來交換手機號碼吧～」

健蹲在雛和亞里紗的座位之間，滿面笑容地這麼開口。

兩人「咦？」地轉過頭來。

「啥？」

虎太朗的聲音從教室後方傳來。

「我們難得被分到同一班了嘛。暑假也快到了，之後大家一起出去玩的話，要是不知道聯絡方式，就傷腦筋了啊。所以……」

Word5
～話語5～

健再次對兩人提出「來交換手機號碼吧？」的請求。

雛和亞里紗困惑地望向彼此。

「我……不知道……」

先開口回應的人是亞里紗。

「咦，不知道什麼？」

「不知道怎麼交換聯絡資料……因為我很少用……」

看到亞里紗難為情地壓低音量這麼說，健和雛不禁瞪大雙眼。

下一刻，健的表情豁然開朗起來。

（所以，這是可以交換聯絡方式的意思嘍？咦！真的假的？）

「啊，喂，柴健！你幹嘛趁亂要電話啦！」

虎太朗再次放聲吶喊，幸大則是在一旁告誡「你很吵耶」。

「這很簡單啊。我教妳吧，手機借我一下！」

從亞里紗手中接過她的手機後，健開始以「先啟動ＡＰＰ……」為她說明。

操作著手機的他，不經意地抬起視線時，發現亞里紗正一臉認真地探頭盯著畫面。

「啟動……ＡＰＰ……」

（咦，接下來要按哪個來著？）

原本再熟悉不過的操作順序，現在卻從腦中完全蒸發，讓健無法繼續說明。

他的心臟突然重重跳了一下。這樣的反應，讓健吃驚地停下動作。

「然後呢？」

發現健一直悶不吭聲，亞里紗不禁抬起視線。

終於察覺到兩人的臉相當靠近的她，連忙抽回身子。

後方的椅子也因為被她撞歪而發出聲響。

「真是的～來，手機借我一下，我來弄吧。」

雛伸出手，從健手中拿走亞里紗的手機。

「柴崎同學，還有你的手機。」

聽到雛的要求，健這才回過神來。

「呃～咦？咦！我的手機呢？」

Word5
～話語５～

直到剛才，都被他拿在手上的手機，現在卻消失無蹤。
健將手探進口袋裡，結果看到一旁有人朝他遞出手機。
「掉到地上了……」
亞里紗沒有和他對上視線，望向別的地方這麼輕聲表示。
「啊……啊哈哈哈……」
（我在慌什麼東西啊。不過是這點程度的事情……）
像是為了含糊帶過般，健回以幾聲乾笑後，接下自己的手機。

之後，雛從座位上探出身子，代替健指導亞里紗操作方式。
亞里紗一臉認真地邊聽邊點頭。
順利將彼此加入好友後，雛將手機還給亞里紗，並表示：
「習慣之後，就不會覺得困難了。」
「謝……謝謝……」
亞里紗隨即起動手機的ＡＰＰ，確認方才輸入的聯絡資訊。
為了掩飾嘴角上揚的反應，她輕輕咬住下唇，然後以手機抵住下巴。

◆◇◆♥◆◇◆

「你幹嘛去跟雛要聯絡資訊啊！」

健無視虎太朗的抗議，心情大好地邁開步伐。

離開學校後，他一直是這樣的狀態。每次回過神來，都發現自己不自覺地露出竊笑。

「你有沒有在聽我講話啊，柴健！」

「啊～看他那樣，應該是聽不到了呢。」

跟虎太朗並肩走著的幸大這麼說，將半融的冰放入口中。

「就連我都……還沒……！」

「幸大～～小虎——我會加油的——」

將雙手枕在後腦杓的健這麼向兩人宣言。

「加什麼油啦！」

虎太朗忍不住使勁捏住冰的塑膠軟管。

Word5
～話語５～

「他到底在開心個什麼勁啊，可惡可惡！」

「虎太朗，你的冰溢出來了喔。」

「喔哇！」

◆◇◆ ◆◇◆

「呀哈————！」

回到家後，愛藏準備走向自己位於二樓的房間時，哥哥從隔壁房間傳來的歡呼聲嚇了他一跳。

（他幹嘛一個人那麼歡樂啊……）

「好可怕！」

愛藏快步走進自己的房間，用力關上大門。

◆◇◆♥◆◇◆

健倒在床上確認自己的手機。目前還沒有收到訊息。

（我應該可以主動傳訊息過去吧？）

若是以往的他，理應完全不會遲疑才對。但現在，按著手機鍵盤的手指卻變得不太靈活。

「啊～！……該怎麼辦呢？」

交換手機號碼，或是互傳訊息交流。光是像這樣的小事，竟如此令人開心。

明明就只是普通的交流而已。

儘管如此，健的內心卻躁動不已。

『亞里紗——♥多多指教喔☺對了，妳明天放學後有沒有空？』

下定決心傳送這樣的訊息過去後，健隨即收到了回應。

『啥？』

Word5
～話語５～

亞里紗傳了一個這樣的貼圖過來。是她喜歡的熊貓系列的貼圖。
看著這段短短的交流，健止不住臉上的笑意。
（我能夠……說這段關係稍微有進展了嗎？）

◆◇◆♥◆◇◆

第一學期的休業典禮結束後，暑假便跟著到來。但因為亞里紗自發參加了學校的暑期升學輔導，所以仍會每天造訪學校。
上午的課程結束後，步出校舍的她，聽見收到訊息的通知音效從書包內袋傳來。
亞里紗連忙掏出手機。
『喂～亞里紗，看上面～！』
她轉頭，發現健正在敞開的教室窗戶後方揮手。
「妳現在要回去了嗎——？」
聽到健這麼問，她以冷淡的「……幹嘛啦？」回應。

手機再次發出「嗶嚕～」的通知音效。

『我們今天一起回去吧？』

亞里紗抬頭望向校舍二樓，健已經轉過身，將背靠在窗戶上。

（明明是可以直接講話的距離……）

原本打算按下「不要」的貼圖，但因急著回覆，亞里紗不小心按到了「ＯＫ」的貼圖。

「啊啊～！」

亞里紗慌慌張張地想收回訊息，但她傳送的貼圖旁隨即浮現「已讀」的通知。

『我傳錯貼圖了！』

『我們繞去哪裡逛逛吧～？對了，要不要去吃義式冰淇淋？』

『不要！』

『那不然吃可麗餅？漢堡感覺也不錯呢～已經是午餐時間了嘛。』

Word5
～話語5～

面對健飛快發送過來的訊息，亞里紗完全來不及回應。

她以雙手握著手機仰望天空。來自上方的陽光相當刺眼。

跟健交換了聯絡方式後，她幾乎忙得暈頭轉向。

因為很在意他一時心血來潮而傳送過來的訊息，只要把手機放在身旁，她就有種坐立不安的感覺。

甚至還因此無法專心念書。會選擇參加暑期升學輔導，也正是因為這個原因。

然而，來上輔導課之後，亞里紗才發現健也有報名，結果反而變成每天都會跟他碰面的狀況。

只要不去在意就好了。手機的訊息也無視就好。

（明明很清楚這樣的道理……）

她將手背抵在滲出汗珠的額頭上。

「我被他耍得團團轉呢……」

這麼喃喃自語後，亞里紗再次望向教室的窗戶。

但那裡已經不見健的身影，只剩下在風中搖擺的窗簾。

（他跑到哪裡去了？）

她四處張望了一下，但仍沒有看到健的蹤影。這樣也好——亞里紗這麼想著，邁開腳步朝大門走去。

「亞里紗。」

健突然從一旁探頭呼喚，讓亞里紗猛地後退好幾步。

因為絆到自己的腳，她的身體頓時失去平衡。原本以為自己就要一屁股跌坐在地上，但幸好健及時伸手扶住她，亞里紗才沒有跌倒。

鬆了一口氣的下個瞬間，她發現健的手環在自己腰上，連忙和他拉開距離。

「很危險呢。」

亞里紗怒瞪著一臉若無其事的健。自己發燙的雙頰令人束手無策。

「你為什麼老是像這樣……」

「像這樣？」

（唉，真是的！）

Word5
～話語5～

面對嘻皮笑臉反問的健，亞里紗別過臉去。

「好啦，那我們要去哪裡呢？」

健從亞里紗手中抽走她的書包，再用同一隻手拎著她的和自己的書包，大步往前走去。

「等……等等！」

「亞里紗，妳想去哪裡？」

「當然是想回家啦。」

「那就在回家途中去一趟便利商店吧。」

「我都說我不去……」

「只是一起吃個冰，就陪我一下嘛。」

看到健帶著微笑這麼央求，亞里紗無法再繼續拒絕他。

感覺說什麼都沒用。健就是這樣，讓人無法對他生氣。

「……莓……刨冰……」

「咦，什麼？」

「如果是吃草莓煉乳刨冰的話……」

亞里紗豁出去這麼回答後，健先是圓瞪雙眼，接著「啊哈哈哈！」地笑了出來。

「笑成這樣……那就算了。」

「不是啦，因為……妳的發言太可愛了嘛。」

（又馬上說這種話！）

看著健捧腹笑到沒力的反應，亞里紗這才察覺到自己的雙頰又開始發燙。

◆◇◆♥◆◇◆

彼此交換了手機號碼。上星期還一起去吃草莓煉乳刨冰。

感覺進展得相當順利……本應如此才對。

「咦～！柴健，你要回去啦？你最近都沒跟我們一起玩耶！」

面對發出抗議聲的女孩子們，健一邊笑著以「啊～抱歉喔」賠罪，一邊確認自己的手機。

（為什麼都沒收到回覆啊？）

Word5
~話語5~

他留下其他女孩子步出出入口，環顧周遭，仍沒有看到亞里紗的身影。

健又傳了一則訊息過去，但這次連已讀都沒有。

換做是以往，亞里紗通常沒過多久就會回覆他。就算再忙，至少也會以貼圖回應。

然而，今天卻完全沒有反應。

是把手機忘在家裡了嗎？可是，早上還有收到她的回覆啊。

（不然，到底是為什麼？）

「……我做了什麼讓她生氣的事情嗎？」

也可能是不小心把手機忘在某處，或者是弄丟了。

「啊！是不小心把手機摔到地上，結果就故障了吧？這種事很常發生啊。」

以拳頭輕敲掌心這麼自言自語後，健又以手抵著下巴沉思起來。

（不，應該不至於。面對現實吧。我絕對是被她無視了啦！）

健一邊盯著手機畫面一邊走，沒發現一顆足球從操場上朝這裡飛來。

「柴健，危險，快閃開！」

聽到虎太朗焦急的吶喊聲，健「嗯？」地抬起頭。

下個瞬間，飛過來的足球直接將他手中的手機打飛。

健緩緩望向因此摔在地上，還滾了好幾圈的手機。

「抱歉，你沒事吧！」

穿著隊服的虎太朗慌慌張張地趕過來。

看到摔落地面的手機，他「嗚哇！」地往後退了一步。

「那……那個啊，我不是故意的。真的只是不湊巧而已！」

「嗯……」

健帶著一臉茫然的表情蹲下，撿起自己的手機。

「喂，柴健……你的手機螢幕……好像……裂開了耶。」

虎太朗帶著僵硬無比的表情，戰戰兢兢地道出這個事實。

「啊～……？」

健望向手機，發現液晶螢幕上確實出現了明顯的龜裂。

Word5
～話語5～

就算按下開機鈕，手機也遲遲無法開機，看來是完全撒手人寰了。

「我……我會賠你一台的。」

「啊～……沒關係啦，你別在意。」

「……你還好吧？剛才是不是被足球砸到頭……」

聽到虎太朗擔心地這麼問，健以手輕拍他的肩頭幾下，接著便搖搖晃晃地離開了。

◆◇◆♥◆◇◆

（……現在該怎麼辦才好？）

亞里紗以困擾的表情凝視著自己的手機。

基於現在是暑假，車站附近的廣場上，滿是和人相約碰面的學生。

位於廣場正中央的機械鐘，發出了告知時間來到正午十二點的鐘聲。

「咦……高見澤同學？」

聽到有人這麼呼喚，原本盯著手機瞧的亞里紗猛地回頭。

「瀨戶口同學……」

現身的雛穿著制服，肩上還揹著運動包。

「……妳要去參加社團活動？」

聽到亞里紗帶著幾分遲疑的問題，「啊……嗯」雛如此回應。

「那妳……是跟誰約在這裡碰面嗎？」

「我是上完輔導課要回家……」

「這樣啊……那再見嘍。」

雛以有些尷尬的笑容向亞里紗道別，接著轉身準備離去。

下一秒，亞里紗喊了一聲「等等！」並伸手揪住雛的運動包。

「咦！怎……怎麼了？」

「瀨戶口同學……妳……現在有空嗎？」

◆◇◆ ◆◇◆

販賣可麗餅的餐車，就停駐在廣場的一角。

Word5
～話語5～

前方有個噴水池。濺出來的水花，讓這一帶的空氣變得稍微涼快一點。

四周則是成群的孩子在開心嬉鬧。

亞里紗和雛分別點了草莓鮮奶油和香蕉巧克力口味的可麗餅，一起移動到位於樹蔭下的長椅處。

並肩坐下後，兩人喊了一聲「我要開動了！」然後大口咬下可麗餅。

「嗯嗯──────！」

「嗯嗯！」

這間可麗餅，美味到讓人忍不住想開心擺動雙腿的程度。不愧是經常大排長龍的超人氣店家。

可麗餅的外皮十分Q彈，裡頭的鮮奶油和水果也給得毫不手軟。再加上恰到好處的甜度，感覺不管幾個都吃得下。

「高見澤同學，妳的臉頰沾到鮮奶油嘍。」

「瀨戶口同學，妳的嘴角有巧克力。」

發現彼此幾乎在同一時間這麼開口，亞里紗和雛不禁面面相覷。

亞里紗不禁噗哧一聲笑了出來。

「那麼……妳想找我商量什麼事，高見澤同學？」

她們之所以會像這樣並肩坐在一起，並不是為了吃可麗餅。

當然，美味的可麗餅也讓亞里紗心滿意足，但她真正的目的不是這個。

只是，她不知道該怎麼向雛說明才好。

更何況，這是她第一次找人商量這類事情。

在這種情況下，如果對方跟自己是一般的朋友關係，應該就能更輕鬆地說出口了吧。

「妳有事想跟我說吧？」

因為亞里紗遲遲沒有開口，雛再次出聲催促。

「我……我想……應該是手機的使用問題吧。」

聽到亞里紗這麼表示，雛回以「手機？」並不解地歪過頭。

「如果是基本操作的話，我應該還懂。」

「不是這種的。比方說……」

Word5
～話語5～

亞里紗欲言又止地沉默了半晌，接著才這麼開口：

「如果某個每天都會跟妳聯絡的人，有一天突然不再發訊息過來了……該怎麼辦才好……大概是類似這樣的問題。」

說這句話的時候，亞里紗很明白自己的音量愈變愈小。

「是被對方設成黑名單之類的嗎？」

「或許……是這樣。」

雛以手抵著下巴，「唔～」地輕聲沉吟起來。

「妳心裡有個底嗎？例如之前曾經跟對方吵架之類的。」

「上輔導課的時候，我把手機關機……之後忘記開機，結果就這樣去睡覺了。看到訊息的時候，已經是隔天了。」

「嗯嗯嗯……然後呢？」

「我有回傳訊息給對方……但一直都是未讀的狀態，他也沒有主動傳訊息過來，所以……我也不敢再傳訊息給他……」

「結果就這樣到現在？」

亞里紗點點頭。

「妳可以直接去問那個人啊。你們不是同班嗎？」

「要……要怎麼問……？」

「問對方為什麼沒有跟妳聯絡。」

「這樣問的話，就好像我在等他聯絡一樣耶。」

「妳不是在等嗎？」

「我才沒有在等！是對方擅自發送一堆訊息過來。我只是基於禮貌，才勉強回一下。」

「哦～……原來是這樣啊。」

雛又咬了一口可麗餅，露出笑咪咪的表情。

「妳說的那個人，是柴崎同學對吧？」

「妳怎麼知……！」

亞里紗瞬間從長椅上彈起身，接著又像是突然回過神似的坐好。

Word5
～話語5～

「我……我又沒說是他。」

儘管裝出若無其事的態度這麼回應，雙頰卻開始發燙。亞里紗不自覺地用手朝自己的臉搧風。

「有跟妳互加好友的人，應該只有我跟柴崎同學而已。我猜，如果不是我的話，就只剩他了吧。」

雛的臉上浮現樂在其中的笑容。

早知道就用這是發生在「我朋友」或是「認識的人」身上的事情來找她商量了——亞里紗懊悔地這麼想著。

「我先說清楚，他會傳訊息給我，只是因為覺得很好玩而已！」

「不過，總覺得有點意外呢。」

「有……有什麼好意外的？」

「我原本以為妳很不擅長應付柴崎同學啊。」

「那種難以捉摸又隨便的人，我怎麼可能擅長應付他呢。」

冷冷地這麼回應後，亞里紗斜眼望向臉上仍帶著笑意的雛。

「要說的話，妳自己又怎麼樣呢？」

「……咦？」

「跟戀、雪、學、長的進展啦！」

雛先是一愣，接著整張臉明顯地漲紅。

◆◇◆♥◆◇◆

（沒辦法聯絡了耶……這樣……感覺很不妙吧？）

走在前方的虎太朗和幸大，在斑馬線後方停下腳步，然後轉身望向健。

「柴健，你的手機修好了嗎？」

「你手機壞了？話說回來，前陣子一直聯絡不上你呢。」

停下腳步的健，將視線從手機螢幕移向兩人身上。

「噯～……如果資料消失了，要怎麼救回來啊？」

「重新登入的話，資料應該就會復原了吧？」

Word5
~話語5~

和虎太朗對看了一眼之後，幸大這麼回答他。

「如果還是救不回來呢？」

「你的資料救不回來？」

看到健點點頭，虎太朗不禁大喊：「咦！真的假的！」

「不知道為什麼，只有最近剛加的好友消失了呢……」

「最近剛加的……難道是雛跟高見澤的資料？」

「跟她們倆說明原委，再重新加一次好友就好了吧。啊，不過，現在是暑假呢。」

「柴健，高見澤不是有跟你一起上暑期升學輔導課嗎？她有來學校吧？另外，你不需要再加雛好友了吧！」

健將手機收進口袋裡，然後朝虎太朗走近。

「柴健……你的表情很可怕耶。兩隻眼睛還死盯著我。」

「不知道是誰喔~把別人的手機當成足球門射門的人——！」

健一把揪住企圖逃跑的虎太朗的肩頭。

做，才能把資料救回來！託你的福，我都沒辦法跟她聯絡了耶。」

「是……是我。是我錯了啦！我會賠償你，讓我分期吧！」

「金錢賠償什麼的根本不重要。因為我有拿到補助款。比起這個，我想問的是要怎麼

看到健笑著這麼說，虎太朗縮起身子，以僵硬不已的表情回應：

「你直接去跟高見澤說就好了啊！」

健不禁沉默下來。一旁的幸大見狀，問道：「柴健，有什麼讓你遲疑的原因嗎？」

「咦！為什麼？」

虎太朗也一臉感到不可思議地望向健。

「……」

（如果做得到，我早就這麼做了啦！）

◆◇◆ ♥ ◆◇◆

將可麗餅吃得乾乾淨淨之後，雛和亞里紗又跑去買了義式冰淇淋。

平常大概只會點單球的兩人，面對琳瑯滿目的冰淇淋口味，一下子亢奮起來。回過神

Word5
～話語5～

來，兩人手上都各捧著杯裝的三球冰淇淋。

亞里紗以湯匙挖起在杯裡疊成一座小山的義式冰淇淋，然後送進口中。

戶外的炎熱天氣，讓冰淇淋嚐起來格外冰涼美味。

「妳不打算跟他說嗎？」

這麼問之後，亞里紗吃了一口薄荷巧克力口味的冰淇淋。

「說……說什麼？」

雛猛地轉過頭來，眼中滿是手足無措的情緒。

「告白呀。妳又打算隱瞞自己的心意，最後哭著送他畢業嗎？」

「這個……我也有很多……要考慮的事啊！」

「真是不乾脆耶。」

「妳還不是因為沒辦法跟柴崎同學聯絡，就這樣心事重重的。」

語畢，亞里紗和雛各自別過臉去。

孩子們活潑的嬉鬧聲，以及高亢的蟬鳴聲，在令人無力的炎熱空氣中不斷迴盪。

就算坐在樹蔭下，仍會熱得渾身是汗。手中的義式冰淇淋也已經融化了一半。

「不過……柴崎同學為什麼突然不跟妳聯絡了呢？」

將湯匙放進口中的雛微微歪頭。

「妳不要突然把話題拉回來啦。」

「他會不會是手機壞掉了？」

「我想……應該不是。」

「妳怎麼知道？」

「昨天，我有看到他一邊講手機，一邊走在學校走廊上。好像是跟女孩子聊得很開心……」

強烈而刺眼的陽光，以及難耐的炎熱，讓亞里紗厭煩地蹙眉。

「果然還是只能向本人詢問原因了吧？」

雛把玩著手中的湯匙，帶著滿面笑容這麼說。

亞里紗緊抿雙唇站了起來。

「……無所謂了。」

Word5
～話語5～

「咦？」

「我會忘掉！然後，這個問題就結束了。」

為了這種問題煩惱，真的太愚蠢了。

把腦力花在念書上會更有意義。

（趕快徹底忘了這件事，把心思專注在輔導課上吧！）

「沒關係嗎？妳不是很在意？」

「我一點都不在意！」

在亞里紗忍不住提高音量這麼宣言的時候——

捧著杯裝義式冰淇淋走來的三人組「啊！」一聲停下腳步。

◆◇◆ ♥ ◆◇◆

「虎……虎太朗！」

「雛……妳……妳怎麼在這裡？」

雛跟虎太朗雙雙困惑地開口。

「我是因為……跟高見澤同學一起……」

「我是跟幸大還有柴健……對吧？」

看到虎太朗將話題帶到自己身上，幸大以「因為這間義式冰淇淋很好吃嘛」回應。

「你……你們不介意的話，就一起在這裡吃吧？」

「啊～說……說得也是。這裡有樹蔭，而且別的地方也沒有座位了……」

雛和虎太朗的對話，充斥著一種有別於以往的奇妙尷尬。

在這樣的五人之中，亞里紗一直維持著沉默。

換做是平常，只要一看到亞里紗，必定會馬上過來跟她搭話的健，此時同樣沒有主動出聲。

亞里紗沒有勇氣確認健臉上的表情，只能一直望向其他地方。

「高見澤同學？」

「……柴健，你還好嗎？」

雛和虎太朗以有些顧慮的語氣詢問這兩人。

「我還有事，要先走了。」

說著，亞里紗一把拎起擱在長椅上的書包，快步離開了廣場。

「咦！等等，高見澤同學！」

雛連忙追了上去。

「高見澤同學！」

被雛抓住手的亞里紗，終於在斑馬線後方停下腳步。

「妳應該要跟柴崎同學好好溝通一下比較好吧？」

「溝通什麼？」

「就是沒能聯絡對方的理由之類的……或許只是一場誤會啊。」

「別管我了……」

亞里紗這麼輕聲回應，然後甩開雛的手。

「咦！這是怎樣？是妳主動找我商量的耶！」

Word5
～話語5～

「……」

「高見澤同學！」

儘管雛的呼喚聲從後方傳來，亞里紗仍在號誌轉為綠燈的瞬間踏出腳步。

◆◇◆♥◆◇◆

「柴健，你振作一點啦！」

走回廣場後，雛看到虎太朗正在用力搖晃神情呆滯的健的雙肩。

「現在要拿他怎麼辦才好啊，幸大？」

因為柴健沒有半點反應，虎太朗只好向幸大求救。

「柴崎同學怎麼了？」

「壞掉嘍。因為一直沒收到高見澤的聯絡，讓他消沉到剛剛呢。」

「高見澤同學也這麼說耶。她說柴崎同學不再聯絡她了……」

「但柴健是說高見澤同學沒有回覆他的訊息……瀨戶口同學，妳有聽她說了什麼嗎？」

「高見澤同學說她之前忘記把手機開機。」

「什麼啊，只是因為這樣而已？」

聽到雛的回應，虎太朗有些傻眼地這麼表示。

「……沒開機？」

原本一臉茫然的健，此時終於出現了反應。

「可是，她之後有確實回傳訊息啊。柴崎同學，你有再次確認過嗎？」

雛雙手扠腰，皺起眉頭這麼問。

「那是因為……柴健的手機壞掉了啦！」

虎太朗以較小的音量代替健這麼回答。

「既然這樣，跟高見澤同學說清楚不就好了嗎！」

「妳幹嘛朝著我發脾氣啊！」

「哎呀，畢竟把柴健的手機弄壞的人，就是虎太朗嘛……」

「幸大！」

Word5
～話語5～

「是喔~既然這樣，虎太朗就是罪魁禍首了嘛！」

「是……這樣沒錯啦……我都知道啦。是我不對。真的很抱歉！」

被雛怒瞪的虎太朗，站在原地大聲開口謝罪。

「看來，就是這麼一回事嘍……那麼，你要怎麼做，柴健？」

幸大以湯匙將冰淇淋送進口中，然後望著健這麼問。

「怎……怎麼辦啊？」

健則是一臉無助地望向虎太朗。

「就算問我，我也不知道啊。只能跟她說明原委，然後好好道歉了吧？也只有這個辦法了。」

「要是她不肯原諒我，那又該怎麼辦？」

「這個……」

不知該怎麼回答的虎太朗，以困擾的表情望向雛。

「該……怎麼辦？」

「你問我？」

同樣想不到好主意的雛「嗯～……」地沉吟起來。

「對了……」

幸大像是突然想起什麼似的掏出手機。

「高見澤同學家的神社，好像會在每年的七月底舉辦大祭（註：神社主要的祭典）……因為是規模很大的祭典，所以他們每次似乎都為了人手不足而傷腦筋。」

幸大點開亞里紗老家神社的網站，將手機畫面拿給雛和虎太朗看。

「原來他們家還會辦這種活動喔。幸大，你知道真多耶～」

「因為我叔叔家是氏子（註：在相同地區信奉相同神祇的信徒）代表。」

「氏子代表？」

「用足球來比喻的話，大概就像應援團體的領導人那樣吧？」

「啊～原來如此！」

虎太朗以拳頭輕敲掌心，露出恍然大悟的表情。

「然後呢，他們每年都會對外徵求人手……如果去他們家的神社當義工，同時也確實

Word5
～話語5～

幫上忙的話，多少會讓高見澤同學對柴健另眼相看吧？」

聽到幸大的提議，雛和虎太朗面面相覷。

「讓柴健一個人去參加，還是令人有點放不下心。聽我叔叔說，能過去幫忙的人手似乎愈多愈好，所以，我們也一起參加如何？我會這樣轉告叔叔。」

「咦，我們也要參加喔？我還要忙社團活動耶……」

看到虎太朗不太情願的反應，雛瞪了他一眼。

「只有一天的時間而已，為了朋友騰出來一下啦！」

「唉～好啦～真沒辦法耶～！」

虎太朗搔了搔頭，終究還是這麼妥協了。

「好！那麼……」

像是為了鼓起幹勁般，雛將雙手握拳，然後望向兩人。

「為了讓柴崎同學和高見澤同學重修舊好，我們加油吧！」

「幸大、瀨戶口同學、虎太朗……你們為了我……」

健搖搖晃晃地前進幾步，然後一把揪住虎太朗的雙肩。

「讓我抱一個。」

「我才不要，熱死人了，快住手，住手啦，笨蛋！」

健伸出手，緊緊擁住企圖逃跑的虎太朗。

後者發出的慘叫聲，讓原本在附近啄著地面的鴿子嚇得全數飛走。

「啊……對喔，我得去社團了。」

「我也是。」

雛和幸大佯裝不曾目睹眼前的一切，匆匆離開了現場。

Word5
～話語5～

噯～噯～
我們三個來交換手機號碼吧～
驚！
瀨戶口雛
8月8日生　獅子座、A型
高一。隸屬於田徑社。
虎太朗的青梅竹馬。
單戀著學長戀雪。
Word6～話語6～

Word6 ~話語6~

在神社舉辦大祭的日子，因為會有很多相關人士進進出出，亞里紗也為了對應而東奔西跑。

外送業者終於將午餐送過來之後，她連忙將飯菜端進位於宅邸深處的和室。將餐點擺放完畢後，亞里紗返回走廊上，聽到玄關傳來門鈴聲。

「亞里紗～媽媽現在走不開，妳去幫忙應門。」

人在廚房的母親這麼喊道。就像這樣，今天從一大早開始，訪客便源源不絕地出現。出聲回應母親後，亞里紗小跑步趕往玄關。

「不好意思～！」

雛拉開玄關大門，同時以開朗的聲音這麼打招呼。

Word6
～話語6～

她的身後站著虎太朗和幸大，甚至連健都在。
「咦……你們為什麼……」
亞里紗吃驚地望向這四人。
「啊～那個，是因為……」
正當雛準備開口說明時，母親詢問「亞里紗，是誰來了？」的嗓音傳來。

「打擾了～」
看到從廚房走出來的亞里紗的媽媽，四人以精神奕奕的嗓音出聲問候。
「哎呀、哎呀、哎呀……你們幾位，難道是亞里紗在學校交到的朋友嗎？」
原本做出吃驚反應的亞里紗媽媽，表情頓時變得燦爛起來。
「媽，他們不是……」
亞里紗急著出聲否定時，雛用力扯了一下她的衣袖，並以笑容回應：「是的！」
「我們是亞里紗班上的朋友。今天是過來幫忙的！」
「等等，瀨戶口同學！」
「快進來、快進來。不好意思，我們現在有點手忙腳亂的。」

聽到亞里紗媽媽的邀請，站在門口的四人速速脫鞋踏進屋內。

「啊啊！午餐的壽司可能要再多叫幾份比較好呢。亞里紗，就拜託妳嘍！」

語畢，亞里紗媽媽便忙碌地回到廚房裡。

「午餐是壽司啊，太幸運了～！」

看到虎太朗喜孜孜地這麼說，雛以手肘輕輕撞了他一下。

「你客氣一點啦。」

「高見澤同學，現在需要我們要幫忙做什麼？」

將脫下來的鞋子擺放整齊後，幸大轉身這麼詢問亞里紗。

「那麼……請你們換上日式褲裙……到授予所（註：神社販賣商品、提供服務的地方）幫忙吧。」

「要去哪裡換衣服啊～？」

虎太朗將雙手交握在後腦杓，朝走廊深處前進。雛和幸大也跟上他的腳步。

只剩下亞里紗和健留在原地。

找不到說話契機的兩人就這樣沉默下來。

Word6
～話語6～

「呃…………那個啊……」

健以帶著幾分困擾的語氣開口。他的視線不斷在半空中游移。

「往這邊走……」

亞里紗轉身背對他，在走廊上踏出步伐。

◆◇◆

換上日式褲裙後，四人移動到立牌上寫著「授予所」三個字的場所。

亞里紗向他們說明了大致的應對流程。

這四人負責在販售護身符和紙符的地方，接待來參拜的遊客。

不過，因為祭典是從傍晚才正式開始，所以，會在下午來訪的，大概只有業者和神社相關人士而已。

雛走到被稱為「社務所」的神社辦公室，領了泡茶用的熱水壺，再走回授予所。

「感覺高見澤同學很忙呢……」

帶領雛一行人來到授予所後，亞里紗馬上就離開了。在那之後，他們幾乎完全沒機會跟她碰面。

（原來她這麼辛苦。）

雛對亞里紗家中的狀況一無所知。如果不是像今天這樣過來幫忙，她想必也沒有機會了解吧。

「瀨戶口妹妹。」

聽到呼喚聲，雛停下腳步，發現亞里紗的媽媽朝她小跑步過來。

「雖然很突然，不過……可以拜託妳一件事嗎？」

「需要我做什麼呢？」

「原本要來幫忙的孩子突然說不能來了，所以我想請妳代替她。如果有不懂的地方，問亞里紗就可以了。妳願意幫這個忙嗎？」

「如果是我做得到的事情的話……」

聽到雛這麼回答，亞里紗的媽媽露出放心的表情表示：「啊啊，太好了。」

「那麼，就拜託妳嘍。」

「那個，請問……我要去哪裡幫忙呢？」

「亞里紗現在待在社務所後方的和室裡頭。她很清楚該怎麼做，妳過去問她吧。」

「我明白了。」

雛將熱水壺託付給亞里紗的媽媽，轉身準備再次走回社務所。

「加油喔！」

不知為何，亞里紗的媽媽以笑容這麼為她打氣。雛不解地歪過頭「嗯？」了一聲。

（……要加什麼油？）

◆◇◆♥◆◇◆

將授予所的工作丟給幸大和虎太朗，獨自一人偷偷溜掉的健，東張西望地在神社裡徘徊。

亞里紗和雛穿的是紅色的日式褲裙，男生們穿的則是淺藍色的。換裝的時候，健確認了倒映在鏡中的模樣，覺得自己還挺適合這身打扮的。

今天，他會來神社裡幫忙，是為了和亞里紗和好。

就算想跟她說幾句話，但因為現在正值暑假，兩人只會在上暑期升學輔導課時碰面。在學校時，亞里紗不願搭理他，到了放學時間，又會匆匆離開學校。

如果來神社幫忙，就有機會跟她說話了吧。

然後再順便讓她見識自己帥氣的一面，藉此提昇自己的身價，最後，亞里紗就會對他刮目相看！

這就是健跟幸大等人為今天而擬定的作戰計畫。

然而，將授予所的工作內容說明完畢後，亞里紗便馬上離開了，之後也完全沒看到人影。

再這樣下去，就不可能跟她說到話了——健這麼想著，丟下在授予所值班的幸大和虎太朗溜了出來。

但他不知道亞里紗目前人在哪裡，只能在神社裡頭漫無目的地閒晃。

Word6
～話語6～

「……她果然很忙嗎？」

這時，健看到原本捧著熱水壺的雛，在被亞里紗的媽媽叫住後又走回社務所的身影。她是不是要去找亞里紗呢？

「好！」

重新鼓起幹勁後，健也準備朝社務所走去。就在這時候——

「等等，那邊的小弟弟！」

聽到有人這麼吶喊，健「嗯？」地轉過頭。

朝他趕來的，是一名戴著黑框眼鏡、身材高挑的男子。看上去還算年輕，大概三十來歲吧。

「過來這邊！」

「呃？咦！」

眼鏡男突然一把揪住健的手，就這樣把他拉離現場。

（我會被帶到哪裡去啊？是說，這個人……是誰啦！）

◆◇◆♥♥◆◇◆

虎太朗坐在授予所的榻榻米地板上，因為閒得發慌而打了一個呵欠。

一旁的幸大，則是在專注地閱讀上頭寫著「神社導覽」幾個大字的觀光宣傳手冊。

「噯～幸大。柴健上哪兒去了啊？」

「天知道。可能隨便找個地方偷懶了吧？」

「那傢伙——！他以為我是為了誰，特地向社團請假，然後來這裡幫忙的啊。」

說著，虎太朗整個人倒臥在榻榻米上。

「啊～……有夠閒的！」

「等一下就會變忙嘍。」

幸大闔上手冊，笑咪咪地這麼對虎太朗說。

Word6

~話語6~

◆◇◆

「不行、不行、不行。我絕對沒辦法啦！」

聽到待在後方和室的亞里紗說明原委後，雛拚命搖頭。

預定要跟亞里紗一起跳神樂舞的年輕女孩，突然因為身體不適而無法來參加祭典。因此，雛被相中成為代替她的人選。

「成年女性不能跳嗎？」

在神社裡忙進忙出的那些巫女，應該也會跳神樂舞才對。

「如果不是年紀跟我差不多的人，看起來會有種突兀感。所以，現在只能麻煩妳了，瀨戶口同學……就是這麼一回事，拜託妳！」

亞里紗會如此懇切地拜託他人相當罕見。這或許代表她現在真的很困擾吧。

（如果多少能幫上一點忙，我也很想幫她，可是……）

「我完全沒跳過神樂舞。妳突然這樣拜託我，我也很傷腦筋啊。」

「我會教妳的。神樂舞的舞步並不難，是妳的話，一定能學會！」

「但今天就要跳了耶！根本沒有時間練習啊……這樣來不及啦。我可能會跳錯耶。」

「跳錯也沒關係！」

亞里紗揪住雛的手，以強硬的語氣這麼說。

「這怎麼行……」

「要是忘記怎麼跳，只要模仿我的動作就好了。妳遇到困難的話，我絕對會想辦法解決！」

「高見澤同學……」

「今天，聽到妳說自己是我的朋友，我真的好開心。就算不是真心話……我也覺得很開心。還讓大家像這樣一起來幫忙。真的，很對不起……我總是給你們添麻煩。」

亞里紗斷斷續續地道出這些話，雙眼蒙上一層水氣。

對雛來說，亞里紗這麼想讓她相當意外。

她覺得胸口熱熱的。

（什麼啊，原來是這麼一回事。不說出來，果然不會明白呢……）

Word6
～話語6～

因為對話不充足，所以產生誤會。這想必是所有人都會遇到的問題吧。

雛放鬆了原本緊繃的雙肩。

「我們是朋友喔。」

聽到雛這麼說，亞里紗的視線緩緩移向她身上。

「我、虎太朗、山本同學，還有柴崎同學，都是妳的朋友。我們從不覺得妳給誰添了麻煩喔。」

雛像在掩飾害羞地笑了笑。

原本一臉吃驚地望著她的亞里紗，也開心地放鬆嘴角，然後「嗯」地點點頭。

「沒辦法嘍～……」

雛輕輕嘆了一口氣，接著，像是為了鼓起幹勁般用力抬起頭。

「在正式上場前，應該還有一段時間吧？我們來得及對吧？」

「我絕對會想辦法趕上！」

語畢，亞里紗和雛彼此擊掌。

◆◇◆♥◆◇◆

「不好意思喲～把授予所丟給你們負責。」

亞里紗的媽媽拉開後方的和室拉門，捧著一個托盤走進來。

原本躺在地上的虎太朗連忙起身，以端正的姿勢重新跪坐好。

「不……不會，因為也沒有很忙。」

「這是我們剛才收到的起司蛋糕。味道非常不錯喲，請你們吃吧。」

亞里紗的媽媽笑咪咪地放下裝著起司蛋糕的盤子和咖啡杯。

「喔～！看起來超好吃的！」

「謝謝您的招待。」

這麼回應後，虎太朗和幸大隨即捧起蛋糕盤。

虎太朗張大嘴吃了一口，接著滿足地發出「嗯～！」的呻吟聲。

「對了，伯母，雛她人呢？」

Word6
～話語6～

聽到虎太朗這麼問，亞里紗的媽媽回以「瀨戶口妹妹她呀～」並以手捧頰。

「現在的狀況變得有點傷腦筋……」

「咦，雛發生什麼事了嗎？」

「噢，不是的，不是這樣子。不過，我覺得她應該暫時無法回來這邊。如果授予所的工作也開始變忙，我會再調派人手過來。」

這麼表示後，亞里紗的媽媽便離開了授予所。

狼吞虎嚥地吃完起司蛋糕後，虎太朗以俐落的動作起身。

「虎太朗，你要去哪裡？」

看到虎太朗準備前往走廊，幸大拉住他的日式褲裙問道。

「呃，因為，雛好像很辛苦的感覺……畢竟這裡很清閒啊。」

「顧店也是很重要的工作之一喔。」

「……那……我去一下廁所。」

「你不是剛剛才去過嗎？」

「我只是去看一下雛的狀況啦！」

「就算你過去，也只會妨礙她工作而已啊。需要人手的時候，一定會有人過來通知我們。坐下來吧。瀨戶口同學不要緊的。」

聽到幸大有些沒好氣地這麼說，虎太朗才不太情願地走回室內，盤著腿坐下來。

「真是的，柴健也遲遲沒有回來！那傢伙到底上哪兒去了啊？該不會跑回家了吧？」

「再怎麼樣也不至於吧。」

「這很難說喔～」

「倘若他真的溜回去……之後就讓他請大家去吃甜點吃到飽吧。」

看著以若無其事的表情啜飲咖啡的幸大的側臉，虎太朗不禁嘆了一口氣。

◆◇◆ ♥ ◆◇◆

（咦！等……等一下。這是什麼狀況？為什麼事情會變成這樣？）

眼鏡男拉著健走下神社的石階，來到公民館所在的位置。

Word6
～話語6～

接著，健莫名其妙被迫換上短外褂，又莫名其妙地成為負責扛神轎的成員之一。

這是每年例行的活動。在神社舉辦大祭的日子，當地的居民會組成一支隊伍，扛起神轎在附近浩浩蕩蕩地遊街。

壯漢們扛著神轎，同時不斷發出「嘿咻！」的粗野吶喊聲。

在烈日曝曬下，被一群扛神轎的男人推來擠去，讓健開始頭暈眼花。

（而且………超重的——！）

「嘿，小哥，再喊大聲一點啊！」

周遭傳來像是看好戲的調侃聲。

（為什麼我會……只有我得——！）

此刻，虎太朗和幸大想必正坐在開著冷氣的授予所裡頭，一邊悠哉乘涼，一邊喝著麥茶吧。

一路上，有不少捧著照相機或手機的婆婆媽媽，一邊興奮尖叫、一邊不停拍照。

照理說，負責扛神轎的活動，應該不在自己的既定行程之中才對。

「好啦，嘿咻！」

「嘿咻！」

受到周圍的男人們影響，健像是自暴自棄般跟著放聲大喊。

（為什麼只有我得遇上這種事啊——！）

◆◇◆　◆◇◆

在豔陽高照的室外，柏油路面上方的景象因熱氣而變得扭曲。不過，車內的冷氣卻強到讓人有點發冷的程度。

因為這天是星期天，路況比平常更來得壅塞，一輛輛的車子塞成一片。

「明天早上十點，要到出版社跟聖奈一起接受雜誌專訪喔。等勇次郎醒過來之後，記得跟他說一聲。知道了嗎？」

坐在駕駛座上的經紀人朝後照鏡瞄了一眼。

「啊～是是是。」

Word6
～話語6～

坐在後座的愛藏垮下臉，以有些敷衍的態度回應。

每當汽車轉彎，坐在身旁熟睡的勇次郎就會倒在他的肩上。

不同於醒著的時候，他的睡臉看起來相當溫順。

被愛藏推開後，勇次郎的腦袋「咚」一聲撞上另一側的玻璃車窗。

他一瞬間半夢半醒地睜開雙眼，但或許是因為很睏吧，勇次郎隨即又閉上了眼睛。

「之後有錄音工作，然後傍晚要開會。行程排得滿滿的，拜託你們嘍。」

「啊～好好好。」

愛藏靠在車窗上，望向窗外。

或許是某處正在舉辦祭典吧。就在這時，一陣陣精神百倍的「嘿咻！」吆喝聲傳來。

在交通警察的指揮下，身穿短外褂的集團一邊扛著神轎，一邊慢慢移動。

愛藏不經意地望向這群人的身影，而後——

（…………）

（…………！）

忍不住再次定睛凝望後，愛藏「磅！」一聲將雙手貼在車窗上。

「停……停……停車一下！」

他忍不住這麼吶喊出聲，經紀人連忙將汽車停靠在路旁。

車體因緊急煞車而重重晃了一下。

愛藏勉強維持住身體平衡，但在一旁坐著熟睡的勇次郎，則是整張臉埋進前方的椅背，接著又因為反彈而整個人倒在後座上。儘管如此，他仍持續發出感覺睡得很舒服的輕柔呼吸聲。

「等等，怎麼啦？」

愛藏無視經紀人的疑問，猛地拉開車門、跳出車外。

（那個人在搞什麼啊——————！）

「咦～！不會吧，那個人是不是ＬＩＰ×ＬＩＰ的愛藏呀？」

「真的是他耶～！」

從一旁經過的女孩子發出「呀啊～！」的驚呼聲。

（糟糕……！）

此時，經紀人從駕駛座走下來，然後關上車門。

「剛剛那是愛藏的哥哥對吧？你們果然長得很像呢～」

「不，我完全不認識那個人喔。」

冷冷地這麼回應後，愛藏便回到車上。

「咦？可是……那是你哥哥對吧？原來他也會去參加祭典啊～」

「那個人跟我無關。」

打開車門後，瞥見勇次郎倒在後座上的模樣，愛藏「嘖」了一聲，將他整個人拉起來。

待他坐上車後，經紀人也跟著回到駕駛座上。

「你哥哥也長得很帥呢。下次把我的名片……」

「都說那個人跟我無關了！」

愛藏再次這麼宣言，然後雙手抱胸望向車窗外頭。

（……突然撿貓咪回家，又在房間鬼吼鬼叫，現在還跑去參加奇怪的祭典……）

「好可怕！」

愛藏喃喃說道，整個身子也跟著抖了抖。

◆◇◆♥◆◇◆

正準備張嘴吃下豆大福時，虎太朗聽到和室拉門被人拉開，於是轉過頭去。

「柴健！你剛剛到底去哪裡偷懶……咦，你這身打扮是怎麼回事？」

搖搖晃晃走進授予所後，身穿短外褂的健整個人癱倒在榻榻米上。

「咦！喂，你怎麼啦？沒事吧？」

虎太朗吃驚地這麼問道，結果，他捧著豆大福的手被健一把抓住。

Word6
～話語6～

「唔喔！你……你幹嘛啦？這顆豆大福是我的喔！」

「亞……紗………」

「你……你說什麼？」

「都沒看到…………亞里紗……」

「比起這個，你也該好好工作了吧。不要穿上短外褂，自己一個人在那邊享受祭典的氣氛啦。」

虎太朗這麼說，然後甩開健的手。

這時，走廊上傳來「啊啊，原來你在這裡！」的吶喊聲。

朝授予所裡頭望了一眼的眼鏡男，毫不客氣地走了進來。

「還有工作要做呢，柴崎老弟。」

對著趴倒在地上的健這麼說之後，眼鏡男拎起他的後領，就這樣把健拖走了。

虎太朗和幸大愣愣地目送這樣的兩人離去。

「柴健會被帶到哪裡去啊？」

「……天知道。」

他們在面面相覷後，得出了「嗯，算啦」的結論，繼續享用豆大福。

◆◇◆♥◆◇◆

直到傍晚過後，健才好不容易解脫。

他被迫幫忙將陸陸續續運到神社裡頭的祭祀用米袋、酒甕和整箱啤酒搬到拜殿裡。這樣的搬運作業結束後，又得幫忙架設位於參拜道兩旁的路邊攤帳棚，一刻都無法休息。

為此，健現在已全身上下痠痛不已。

（那個眼鏡男……竟然讓我這樣做牛做馬！）

他搖搖晃晃地在走廊上前進，然後拉開和室拉門。

授予所外頭聚集了不少前來參拜的客人，虎太朗和幸大正忙著接待他們。

「啊，你終於回來了！」

正在補充用來裝護身符的紙袋的虎太朗轉過頭來。

「快過來幫忙吧，柴健！現在超忙的耶。」

Word6
～話語6～

看到健無力地揮揮手，虎太朗沒好氣地皺起眉頭。

在這段時間，客人們「麻煩一下～」的呼喚聲仍持續傳來。

虎太朗連忙轉身，手忙腳亂地繼續接待客人。

健移動到用以區隔的帷幕後方休息。這時幸大朝他走過來，遞上一杯冰涼的麥茶。

「你去哪裡了？」

「別問啦。」

健接過玻璃杯，虛弱地朝幸大笑了笑。

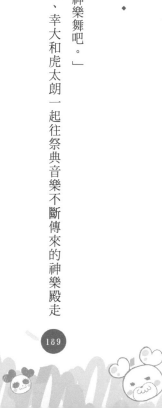

（真的……完全不肯讓我輕鬆一點耶……）

◆◇◆♥◆◇◆

「這裡換我們來顧，你們去看神樂舞吧。」

承蒙亞里紗的媽媽的好意，健、幸大和虎太朗一起往祭典音樂不斷傳來的神樂殿走去。

外頭已夜幕低垂，廣場上聚集了大量人潮。

火炬的火光在晚風中搖曳，將整個舞台打亮。

音色聽起來十分涼爽的鈴聲持續傳來。看來神樂舞已經開始了。

「咦？是雛～！」

從人牆後方探頭望向舞台的虎太朗，突然吃驚地這麼喊出聲。

在舞台正中央，亞里紗和雛正握著神樂鈴跳舞。

這兩人穿上相同的巫女裝，也戴著相同的頭飾。

她們在火光照耀下的臉蛋，看起來似乎有略施脂粉。以鮮紅色妝點的唇瓣，因為緊張而用力抿成一條線。

亞里紗將一頭長髮在後方紮成一束。

平常總是一臉彷彿在生氣的表情，今天卻變得極其認真。在火光照耀下，她的雙眸顯得閃閃發光。

Word6
～話語6～

她配合雛的動作翩然起舞，衣襬也跟著輕柔地飄逸。

清脆的鈴聲和高亢的笛聲相互交織，一起融入深沉的夜空。

（啊啊……這種感覺是什麼呢？）

在人牆後方眺望舞台的健，伸出手掩著自己直冒汗的額頭。

莫名其妙被拉去扛神轎，還被迫幫忙搬運米袋和酒甕。

之後，健又繼續被抓去做牛做馬。除此之外，他也完全沒遇上亞里紗，更別提讓她看見自己帥氣的一面了。

這個和好的作戰失敗了，根本只是白忙一場而已。

健原本稍微湧現了這樣的想法。

但在這一刻，不知不覺中，他覺得今天一整天的疲憊感徹底消失。

眼前的光景一切都美到讓他想要烙印在腦海裡，胸口深處有種——無法按捺的灼熱。

健不經意望向一旁，發現虎太朗也看著舞台上的雛看到出神，說不出半句話。

就像以前在學校裡看著雛那樣，彷彿一秒都不願移開眼神那樣。

（我大概也露出了相同的表情吧……）

真心地、專一地戀慕著某個人。或許，健一直很羨慕這樣的虎太朗吧。

要是出現一個能讓自己如此愛戀的對象就好了——他一直這麼想。

伴隨著清脆鈴聲的舞蹈結束後，亞里紗和雛彼此交換了眼神。

或許是緊張的情緒緩和下來了吧，她們都露出鬆了一口氣的笑容。

幸大在人群後方按下照相機快門。接著，他將鏡頭轉向健和虎太朗這邊。

「喀嚓」一聲將虎太朗拉回現實。

「幸大，你在拍什麼啊！」

「噢，因為你們兩個看起來一臉幸福嘛。」

「啥？我才沒有咧！再說，為什麼雛會跟高見澤一起上台啊？」

虎太朗滿臉通紅地指著舞台這麼說。

「哎呀，有什麼關係嘛。我們都看到很棒的東西了啊。」

健伸出手攬住虎太朗的肩頭。

「嗯……也是啦。」

虎太朗眺望著雛走下舞台的身影，直到看不見為止。

「之後，我去跟瀨戶口說你一直盯著她看吧。」

「快住手，絕對不准跟她說——！」

看到虎太朗焦急的反應，健笑著將雙手交握在後腦杓，然後踏出步伐。

◆◇◆♥◆◇◆

晚上九點過後，祭典才正式落幕。

後續的整理工作結束後，眾人走向建築物深處的和室，發現大人們已經開始舉辦酒席。

數張茶几並排在寬敞的和室正中央，桌面上擺滿一道道豐盛無比的餐點。

「喔喔～！是生魚片船跟炸雞！」

Word6
～話語6～

虎太朗睜大閃閃發光的雙眼，迅速在茶几前就坐。幸大和健也並排著坐下。

「真是的～你不要興奮成這樣好不好。很難為情耶～」

走進和室裡的雛在虎太朗對面坐下。

她已經換上便服，也把臉上的淡妝卸掉了。虎太朗直盯著她的臉蛋瞧。

「怎……怎樣啦……」

「不……沒有啊……」

被雛輕輕一瞪，虎太朗裝作若無其事地移開視線。

「虎太朗是看妳看到入迷了啦～他剛才也是這副德性喔。」

聽到健這麼調侃，虎太朗的臉頰變得像是著火那麼紅。

「比……比起這個，雛，妳為什麼會去跳神樂舞啊？」

「其實，原本應該是別的女孩子負責跳，但因為那個人突然不能來參加……結果高見澤同學和她媽媽就拜託我代替上場。真的很辛苦呢，不像你只是一直坐在授予所裡頭。」

說著，雛睜著一雙死魚眼瞪向虎太朗。

「我的工作也還算忙好嗎！」

「還算忙是吧~反正，你一定是一邊躺在地上打滾，一邊吃蛋糕跟大福吧？」

面對雛彷彿已經看透一切的指摘，虎太朗尷尬地望向別處。

聽到健忍不住呵呵笑出聲，虎太朗說著「別笑啦」怒目望向他。

「你還不是丟下工作，跑得不見人影。」

「就跟你說我也很忙了嘛。」

健笑著這麼回應，然後將手伸向炸蝦。

這時，有人從後方輕拍他的肩膀。

「柴崎老弟，今天辛苦你嘍。」

帶著笑容對他開口的，正是今天一整天拖著健到處跑的眼鏡男。

「啊，叔叔。」

聽到幸大這麼稱呼眼鏡男，虎太朗和健「咦！」地同時望向他。

「嗨，幸大。你們今天真的幫了很多忙喔。」

Word6
～話語６～

語畢，眼鏡男便移動到開心談笑的大人陣營之中。

（原來那個人是幸大的叔叔嗎！我就想說他們怎麼戴著一樣的眼鏡……）

健頓時覺得一股疲勞感湧現，只能無力地「哈哈」乾笑兩聲。

◆◇◆♥◆◇◆

熱鬧的酒席一直持續到十一點過後才結束。

為了進行後續整理，亞里紗捧著托盤走向舉辦筵席的和室。

大家應該都已經回去了吧。因為太忙，沒辦法送離一行人離開，讓她感到有些遺憾。

難得大家一起來幫忙，她卻沒能好好道謝。

拉開和室拉門後，踏進裡頭的亞里紗不禁「咦？」了一聲。

原本以為裡頭沒人的她，發現健以坐墊代替枕頭，一個人躺在這間昏暗的和室裡。

她將托盤擱在茶几上，朝健走近。

亞里紗蹲下來觀察健的表情，發現他似乎睡得很熟。

或許是因為看起來睡得很舒服吧，所以虎太朗等人也不忍心叫醒他。

健的家在哪裡呢？是能從這裡徒步回去的地方嗎？

如果必須坐電車的話，就得趕快叫醒他，否則會趕不上末班車。

（還是說，因為已經很晚了，乾脆繼續讓他睡？）

這棟建築物不是主屋，所以，讓健睡在這裡或許也無所謂。不過，多少還是有觀感方面的問題。

亞里紗有些猶豫地伸出手。

她輕輕搖了健幾下，後者微微睜開眼。

下一刻，健一把抓住亞里紗的手，讓她慌得想要縮回手。

「怎……麼……」

「……終於遇到妳了。」

「……咦？」

健瞇起雙眼，將亞里紗的手握得更緊。

從掌心傳來的他的體溫，讓亞里紗的體溫跟著急速升高。

這讓亞里紗害羞得不得了，連忙放開自己的手。

「柴崎同學，大家都已經回去了喔！只剩你而已……」

她將手藏在身後，刻意以冷淡的語氣這麼說。不過，嗓音卻顯得有些高亢。

健起身，望向已經空無一人的其他座位。他的表情看起來還很想睡，眼神也有點迷濛。

（對了，得好好說出口才行……）

亞里紗握住自己擱在腿上的另一隻手，緊張地這麼表示：

「今天……很謝謝你……」

她沒有能看著健的眼睛說出這句話的自信，所以只能盯著自己的手開口。

「聽說你幫了很多忙，非常努力……」

微微抬起視線後，亞里紗發現健臉上浮現看似很開心的笑容。

不知為何，這讓她有些慌張。亞里紗連忙別過臉去。

「就是這樣……所以，下次，我想好好道謝……」

「亞里紗。」

聽到健呼喚自己的名字，她的心重重跳了一下。

在沒有其他人聲的房間裡，只有運轉中的舊型冷氣不斷隆隆作響。

儘管風持續吹來，室內卻悶熱到讓人懷疑冷氣是否沒有半點效用。

「妳要不要……跟我交往看看？」

健以一如往常的笑容，凝視著亞里紗這麼說。

「……咦？」

亞里紗回應的聲音聽起來很不知所措。

「……如果我這麼問，妳要怎麼辦？」

「你……你睡昏頭了嗎！」

健這句話讓她的雙頰瞬間發燙，嗓音中也透露出怒氣。

她以滲出手汗的掌心緊緊揪住自己的裙子。

Word6
～話語6～

「我也不知道呢。」

這麼說之後，健笑了出來。

「你一定是睡昏頭了！趕快回家睡你的大頭覺吧！」

亞里紗站起來，迅速轉身走出和室，快步穿越了外頭的走廊。

回到主屋後，她跑著上樓梯，衝進自己的房間裡。

用力關上門之後，亞里紗重重吐出一口氣，在原地癱坐下來。

她的心臟狂跳到足以發疼的程度。

亞里紗以手覆上發燙的額頭，仰望房間的天花板。

「妳要不要……」

（別開玩笑了。他在說什麼啊？）

總是只會隨便亂講話。明明壓根不是認真的。

（可是，如果……他是認真的呢？）

亞里紗將拳頭抵在胸前，整個人縮成一團。沒有綁起來的一頭長髮滑落肩頭。

（……怎麼可能呢。我應該很清楚才對啊。）

健的每句話，總是能輕易動搖她的心。

在沒有開燈的漆黑房間裡，亞里紗緊緊握住自己的頭髮。

◆◇◆♥◆◇◆

在燈籠的光亮照耀下，健步下神社的石子階梯。

因為已經是接近深夜的時刻，馬路上幾乎沒有車輛經過，也看不到半個路人。

被自動販賣機燈光吸引的蟲子在半空中飛舞。

健將雙手插在口袋裡，踩著緩慢的步伐從自動販賣機前方走過。

（說我睡昏頭了嗎……或許真的是這樣呢。）

今天一整天發生的事情，總讓他覺得很沒有真實感，彷彿一切都只是自己的夢境。

Word6
～話語6～

連踩在地上的觸感都輕飄飄的，讓健甚至沒有自己在走路的感覺。

自己所處的世界，總是呈現一片褪色的光景。不管做什麼、跟誰在一起，都無法讓健有任何感受。

無趣而單調的日子，就這樣不斷重複上演。

這樣的日子到底要持續到什麼時候？非得持續下去不可嗎？健一邊思考著這樣的問題，一邊迎合周遭的人，適時陪笑，或是跟著嬉鬧。

（真的很蠢耶。）

如果不去做自己真正想做的事情，就享受不到樂趣。

如果不是自己真正想要的東西，就算得到了，也不會覺得滿足。

雖然身體疲憊不堪，健卻覺得心情十分輕鬆又舒暢。他抬頭仰望夜空。

自己一直在尋找的東西，其實從很久之前，就已經找到了。

他只是裝作沒有察覺，但其實一直都在內心深處——

◆◇◆♥◆◇◆

回到家的愛藏打開客廳大門，發現裡頭一片漆黑。

原本以為沒人在家的他，後來才發現哥哥倒在沙發上熟睡。

他大概是一回家就直接躺在沙發上了吧。身上還是外出時穿的那套衣服。

「嗚～……米袋……還……」

哥哥甚至還呻吟著這樣的夢話。盤據在他胸口的幼貓小黑，像是要催促哥哥和牠玩似的，不斷以前腳拍打哥哥的臉頰。

愛藏躡手躡腳地走近沙發，然後抱起小黑。

（這個人到底在搞什麼啊。盡是做一堆不像他會做的事情……）

「呵」地笑了一聲後，愛藏便走出客廳。

Word6
～話語6～

健走在前往學校的路上，望向被自己掏出來的手機。

神社大祭那天，準備回家時，他在一張紙上寫下自己的電話號碼，再委託送他到門口的亞里紗的媽媽轉交。

因為沒有機會重新向亞里紗詢問聯絡方式，健實在想不到其他方法了。

那天以來，他便一直在等亞里紗主動聯絡，但仍是杳無音訊。

那時候，亞里紗的媽媽笑著向健表示「我會確實交給她」，所以，那張紙應該已經交到亞里紗手上了。

（我果然還是被拒絕了嗎？）

健停下腳步，抬起頭，發現柏油路面上方的景色因熱氣而扭曲。

他緊握手機，轉身朝走來的方向往回走。

(12)
23:27
亞里紗
亞里紗——
多多指教喔
對了，妳明天放學後
有沒有空？
已讀
唔？
23:26
Word7 ~話語7~

呀哈——！

◆◇◆ Word7 ☆ ～話語7～ ◆◇◆

「然後呢，這裡的『松』是『等待』的雙關……大意就是『我都等了這麼久，你為什麼不來呢？』這種帶著怨懟的詩歌。跟女孩子約會時，男生可不能遲到喔～另外，要是聯絡得不夠勤快，就會發生像這樣的事～啊，不過，太纏人也不行呢。這點很重要。這裡考試會出，所以你們好好記起來吧～」

明智老師一邊以粉筆寫板書，一邊以感覺很想睡的嗓音授課。

亞里紗聽著老師的說明，茫然眺望著窗外的風景。

理應也有參加暑期升學輔導的健，現在卻不在這間教室裡。

（他昨天明明還有來上課……）

亞里紗打開夾在筆記本裡頭的一張便條紙，猶豫了半晌後，又重新摺起。

她不可能主動聯絡對方。要是見到面，她沒有自信能夠保持平常心。

Word7
～話語7～

◆
◇
◆

◆
◇
◆

從樹木枝枒間灑落的陽光，打在通往神社的石階上。自己到底在這裡等了多久呢？
看到亞里紗回來的身影出現，健從原地起身。
亞里紗在石階下方停下腳步，瞪大雙眼發出「咦……」一聲。
她的雙眼透露出驚訝和困惑。
健俯瞰著這樣的她，表情瞬間變得沉穩。

就讀國中時，他在這座石階上第一次和亞里紗擦肩而過。
雖然知道亞里紗是跟虎太朗同班的女孩子，健卻沒能跟她搭話。
她在頂樓放聲大哭的時候、在中庭撿拾被人從書包裡扔得亂七八糟的私人物品的時候
──健什麼都做不到，就只是在遠處看著。
之後，他們升上同一所高中，然後被分到同一班。

「這樣絕對很無趣吧……」

這樣冷冷回應的她，讓健心浮氣躁。

他和她之間的進展，簡直不順利到讓人發笑的程度。每次向亞里紗搭話，最後總會惹她生氣。

可是，對她遞出課本時，她稍微朝自己展露了笑容。這讓健開心得不得了。

光是交換彼此的聯絡方式，就讓他狂喜不已，亢奮到像個白痴一樣。

「你……在幹嘛？今天不是有輔導課嗎？」

「我在等妳啊。」

「為什……麼……」

「嗯～……為了跟妳說愛的告白？」

「你在調侃我嗎？」

看到亞里紗露出明顯不悅的表情，健笑著以「哈哈哈，也是呢～」回應。

故作瀟灑地說自己不會對感情認真。

Word7
～話語7～

現在卻認真到一頭栽進去的程度。

她說的每一句話，都足以動搖自己的心。回過神來，健發現自己已經在死命追著亞里紗跑。

他原本以為自己的心中，根本不存在一丁點熱情。

他原本以為自己不可能對任何人認真。

（這也是當然的嘛……）

因為他一直沒發現自己正在單戀。

（已經持續幾年了啊？）

「這一點都不好笑！你之前也……」

「我沒有在調侃妳。」

看到健收起笑容，轉而露出認真的神情，亞里紗困惑地沉默下來。

『我說出的話，能讓妳的心動搖嗎？』

「我……還挺認真的喔。」

「騙人……」

亞里紗輕喃。

「我不是在騙人啦。」

健這麼斷言，然後筆直望向亞里紗。

「所以嘍，妳考慮一下吧……」

亞里紗先是微微垂下頭，接著，便快步走上石子階梯。

她一語不發地從健身旁走過，然後離去。

看著亞里紗臉上頑強的表情，健止住原本想朝她伸出手的動作。

他將手插進口袋裡，抬頭仰望天空。

『如果妳內心的某個角落有我……』

健撿起書包重新揹在肩頭，然後緩緩步下石階。

『讓妳的內心動搖，用我的話語拉近距離。』

用我注入滿滿的真心、有幾分認真的愛——

◆◇◆ ♥ ◆◇◆

在沒機會跟亞里紗碰面的情況下，暑假就這樣結束了。

健盯著自己的手機。對方依舊沒有捎來半點聯絡。

到了休息時間，走廊上熱鬧得嘈雜不已。剛放完長假，跟久違的同班同學或朋友見到面，讓大家的情緒都變得比較亢奮。

健靠在牆上，聽著其他學生嘻笑交談的聲音。

「……再這樣下去不行啦。」

他試著輕喃亞里紗曾幾何時說過的這句話。

「啊～……加奈～？我以後不能跟妳一起玩嘍～」

健將手機靠上耳邊，向自己的通話對象這麼說。

◆◇◆♥◆◇◆

「等一下，柴健！」

準備走向樓梯的健，因為這道憤怒的呼喚聲而停下腳步。

朝他跑過來的是兩名女學生。

「你說不會再跟我們聯絡，是什麼意思啊～？」

「就是說啊，柴健～為什麼啊～？」

Word7
～話語7～

事到如今，才打算捨棄這一切重新來過，未免想得太美了一點。

儘管如此，他不能維持現狀。再這樣下去，是無法傳達出去的。

會被其他人討厭也無所謂。能夠理解自己的，只有一個人就好。

健緩緩抬頭仰望那兩名女孩，然後露出笑容。

只要能傳達給妳就好——

◆◇◆♥♥◆◇◆

目睹健和其他女孩子的身影後，原本在走廊上前進的亞里紗停下腳步。

他帶著一如往常的笑容，和那些女孩有說有笑。

看到這樣的健，亞里紗的表情黯淡下來。

（那果然是騙人的……）

發現健和女孩們結束對話，準備朝這裡走過來，她的表情瞬間變得僵硬。

看到亞里紗的健，此刻也露出吃驚的表情。

「亞里……」

在健有些猶豫地開口呼喚時，亞里紗快步從他身旁走過，然後小跑步返回教室。

（我要怎麼相信你？）

她不知道健到底有幾分真心。

明明很想相信。明明希望他能讓自己相信。

胸口好痛。

（噯，告訴我吧……）

——你的「真心」藏在哪裡呢？

Word7
～話語7～

◆◇◆♥◆◇◆

社團活動結束後，走在回家路上的虎太朗，看到健的身影而停下腳步。

出現在車站附近的書店外頭的他，正蹲在自動門旁邊的轉蛋機前方。而且，不知為何，身邊還圍繞著一群小學生。

「啊～！又是這個！」

將零錢投入後，健旋轉了幾下轉蛋機的把手，從取物口拿出落下的轉蛋後，失望地這麼吶喊。

「不是你要的嗎～？」

「這次是什麼的轉蛋？」

「噯～噯～這顆轉蛋可以給我嗎？」

小學生們七嘴八舌地開口。

「轉到了————！」

健發出開心的歡呼聲，扭開轉蛋，取出裡頭的熊貓玩偶，說了一聲「給妳」之後，遞給在一旁盯著自己看的小女孩。

「哇啊！大哥哥，謝謝你～」

小女孩小心翼翼地用雙手包住熊貓玩偶，露出相當開心的笑容。

「啊～……那麼，你們回家路上要小心喔。」

健輕拍小女孩的頭這麼說，然後起身。

於是，小女孩和其他男孩捧著成堆的轉蛋離開了。

健望著他們離去的背影，在原地伸了個懶腰。

「柴健，你跟一群小學生混在一起做什麼啊？」

聽到虎太朗的聲音，健「啊？」地轉過頭來。

「啊～……剛才，那個小女孩轉到隱藏版的轉蛋，我就說要跟她交換。因為她剛好也想要其他隻。可是，所謂的轉蛋機啊，愈是想轉到某個東西，就愈是轉不到耶～」

健笑著這麼說明，然後把套在指頭上的鑰匙圈亮給虎太朗看。

Word7
～話語7～

白熊造型的吊飾在他手中搖晃。跟健掛在書包上的是同一個角色。

「對了，高見澤掛在書包上的熊貓，也是這系列的吧？」

「……她應該喜歡吧。」

語畢，健撿起擱在腳邊的書包。

兩人並肩行走時，虎太朗不經意地望向健的側臉。

這陣子的他一如往常。在學校也總是露出開心的笑容。

健老愛開玩笑和纏人的地方並沒有變。不過，他似乎和以往總會頻繁聯絡的那些女性友人斷絕往來了，也不再溜去保健室打發時間。

「我說你啊，最近好像很少跟高見澤說話了？」

「嗯～？有嗎？」

健將雙手在後腦杓交握，笑著望向虎太朗。

（就是有啊。之前，只要一看到高見澤，你明明就會飛奔過去耶。）

在旁人看來，這兩人最近很明顯地和彼此拉開了一段距離。

在教室裡不會對上眼神，擦肩而過的時候也不會跟對方說話。

這樣的狀態看起來相當不自然，也讓虎太朗有些在意。

神社大祭結束後，這兩人一直都是這樣子。

過去，健也曾因為亞里紗無視他而垂頭喪氣。但現在的感覺不太一樣。

「……你們還沒和好喔？」

「怎麼，你在替我擔心嗎？虎太朗，你好溫柔呢～我都要哭了。」

健以像是打哈哈帶過的輕浮語氣這麼回應，然後摟住虎太朗的肩頭。

「我現在是認真在問你！」

「我不再焦急了。就只是這樣而已啦。」

「……原來你很焦急？」

健沒有回答，只是露出一個曖昧的笑容，然後抽回自己的手。

「虎太朗～我們吃個冰再回家吧。你請客喔。」

「啥？為什麼啊！」

Word7
～話語7～

「我剛才轉蛋把錢都花光了。」

「……真受不了你耶。蘇打冰棒，一人一半啦！」

就這樣，虎太朗和開心笑著的健，並肩朝前方的便利商店走去。

放學後，擔任圖書館值日生的亞里紗，將學生們歸還的書籍一一放回架上。

冷氣似乎故障了，儘管將窗戶打開，室內的熱氣卻完全沒有往外散去。

為了將書本放到書架最上頭，亞里紗使勁踮起腳，結果聽到有人搭話詢問：「我來幫妳吧？」

她轉頭看，發現腋下夾著幾本書的幸大站在身後。

「高見澤同學，妳是圖書委員啊？」

從亞里紗手中接過書後，幸大將書推進最上方的架子。

「謝謝你……」

「不客氣。」

幸大望向亞里紗揣在懷裡的書。

「只剩下這些了嗎？」

「啊……嗯。是說，圖書館要關了喲。如果你要借書，我可以幫你辦手續。」

「噢，沒關係。這些是我看完的。」

說著，幸大將亞里紗手中的書取走一半，一邊確認標籤上的編號，一邊在書架上歸位。

「……妳最近有跟柴健說話嗎？」

聽到幸大這麼問，亞里紗手邊的動作瞬間止住。

「如果沒事，我們就不會說話啊。」

「是這樣啊？」

「我跟你還有榎本，不也是這樣嗎？」

「跟我們或許是這樣沒錯啦……」

「這樣很普通啊。」

Word7
～話語7～

「……妳還在生柴健的氣嗎？」

「我沒有在生他的氣。只是覺得……算了。」

這麼輕聲回答後，亞里紗轉身面向對側的書架。

她跟幸大以背對背的狀態繼續整理書本。

愈是思考，她愈不明白健的心意。

「我……還挺認真的喔。」

健一臉認真地這麼向她告白後，卻又一如往常地開心享受被女孩子包圍的狀態。

總是把真心藏在堆出來的笑容背後。配合當下的狀況，以輕浮發言敷衍他人。

最討厭的是……他一時心血來潮的言行舉止，卻總能影響亞里紗的心，讓她動搖不已。

「嗯，這個人有時……讓別人覺得他真是沒救了呢。」

「不是有時，是一直都這樣吧？他總是一副不正經的態度，又愛做些蠢事。」

「他該不會要求妳跟他交往吧？」

「他不是認真……」

轉身想要回答的同時，亞里紗的臉也一口氣漲紅。

「他果然這麼跟妳說了啊。」

「他只是在調侃我而已！」

聽到亞里紗不悅地這麼回答，幸大回以「是這樣嗎？」然後不解地歪過頭。

「再說，我跟柴崎同學……一點都不適合。」

「我倒覺得沒有這回事喔。」

「明明還有很多會主動靠近他的女孩子啊。」

（為什麼會是我……？）

跟健相遇之後，「為什麼？」這三個字——一直不停在亞里紗的腦中打轉。

他為什麼要跟我搭話？

他為什麼要跟我扯上關係？

他為什麼要說「跟我交往」這種話——

關於健會對自己產生興趣、萌生好感的理由，亞里紗沒有半點頭緒。

Word7
～話語7～

「打從國中開始，柴健就很在意妳喔。」
幸大的這句發言，讓亞里紗「咦？」了一聲。
「國中……？」
那時候，自己跟健幾乎沒有任何共通點可言。
「不過，他本人似乎也沒察覺到這一點就是了。」

這麼說來，國中的時候，虎太朗曾對她說過這麼一句話。

「沒啦……是柴健要我多關照妳的。」

（從那時開始……？可是，為什麼？）
是因為健得知她在班上遭到孤立？
因此，健才會開始關注她？

「妳就是這樣，才會一直落單！」

亞里紗不禁以手掩嘴。

（啊，原來是這樣……）

升上高中後，會主動找亞里紗搭話，是健以自己的方式，在擔心依舊獨來獨往的她。

其他女孩在背地裡說亞里紗的壞話時，健開口替她辯解，也是基於相同的原因。

總覺得——一切好像都串連在一起了。

「嗳～嗳～妳是跟我同班的亞里紗對吧？」

是亞里紗沒能察覺他藏在堆出來的笑容之中的溫柔心意。

健的笑容在腦中浮現，胸口也湧現一股熱度。

「這麼重要的事……他為什麼不好好說出來呢？」

亞里紗望向天花板，不自覺地道出這句話。

因為他不說，自己才會這麼晚察覺到這份心意。

Word7
～話語7～

「畢竟他不像虎太朗那麼好懂嘛。」

「難懂也該有個限度吧！」

聽到亞里紗這麼說，幸大笑著回以：「說得也是。」

「他願意這麼關心我，是很讓人開心沒錯……可是為什麼會發展成突然說要跟我交往的結果呀？我真的完全搞不懂他！就算是基於同情而這麼說，也只會讓我覺得困擾而已。」

「我覺得不是基於同情喔。應該。」

「為什麼……」

「雖然說不上來，但就是這麼覺得。」

「……山本同學，你跟榎本說了一樣的話呢。」

「妳說虎太朗？」

「榎本曾經說過，他說不上來，但覺得柴崎同學是個好人。」

「他是個好人喔。雖然經常引起誤會也容易被人誤解，給人的感覺也很輕浮就是了。不過，他才是那個最不懂自己的人。」

幸大翻了翻手中的書，然後微微瞇起雙眼。

「……柴健不想讓別人覺得自己是個好人。我想，他或許很討厭自己吧。」

語畢，幸大闔上書，然後筆直地望向亞里紗。

（噢，什麼嘛。原來都一樣啊……）

第一次被健搭話時，亞里紗便覺得他跟自己有幾分相似。

戴上笑容的假面具，將真正的想法掩藏起來的健。

因為想讓那個討厭的自己消失，就堆出笑容，扮演一個不同的自己——

「……他真的是沒救了耶～」

亞里紗這麼輕喃，然後苦笑。

他們倆果然很像。就連總是白忙一場這點也是。

「我會幫妳把剩下的書歸位……妳就去找他吧？」

「可是……我沒有臉見柴崎同學。」

她無法相信健說的話，總是抱持著懷疑的態度，又老是將他拒於千里之外。

（事到如今，要我對他說什麼才好？）

希望能有一個重新來過的機會……說這種話，只會讓人覺得她如意算盤打得太好了。

「愈是重要的事情，就愈得確實說出來……不是嗎？」

亞里紗抬起有些低垂的頭，發現幸大朝她露出微笑。

（沒錯……要是現在不去找他，我一定會後悔。）

「抱歉，山本同學！這些就麻煩你了！」

說著，亞里紗將剩下的書交給幸大。

「要跟他好好談一談喔。」

在幸大的目送下，她衝出圖書館。

換好鞋子，步出校舍出入口時，外頭的天空已被夕陽染紅。

這時，她發現手機收到了新的訊息。確認過後，是幸大傳來的。

裡頭寫著健家的地址，以及相關的地圖連結。

「山本同學……謝謝你。」

亞里紗收起手機，往前跑了出去。

好想見他。就是想見得不得了——

Word7
～話語7～

Word8
～話語8～
那果然是騙人的⋯⋯

所以，抱歉囉～
咦～……好過分喔!!

◆◇◆ Word8 ☆ ~話語8~ ◆◇◆

亞里紗環顧周遭。現在，她來到了一處寧靜的住宅區。

（應該是這附近吧……）

因為太陽已經下山，天色也變得愈來愈昏暗，她很難分辨健的家位於何處。

正忙著尋找時，電線桿旁邊的垃圾桶突然傳來一陣碰撞聲。

亞里紗戰戰兢兢地探頭看，發現是一隻脖子上繫著緞帶的黑色小貓。

牠從垃圾桶後方探出頭，觀察亞里紗的一舉一動。

「啊！這孩子是……」

是之前躲在公園裡的幼貓。在那個下雨天之後，亞里紗就再也找不到牠了。

「咪～」

看到小貓朝自己靠近，亞里紗蹲低身子，有些猶豫地伸出手。

Word8
～話語８～

小貓的緞帶上繫著一塊銀色的名牌。正面刻著牠的名字「小黑」，背面則是飼主的住址。

「這是柴崎同學家的地址……」

（他原本說要一起幫忙找飼主……什麼嘛，結果自己抱回家養了。）

亞里紗輕笑幾聲，然後抱起小貓。

（雖然特地跑到這裡來……）

但冷靜想想，自己追到對方家裡，究竟是想做什麼？

「……還是算了？」

亞里紗這麼自言自語，然後轉身。

（可是，我想跟他確認……）

面對再次轉過身的亞里紗，小黑以想要問「妳在做什麼？」的眼神仰望她。

（確認什麼？他是不是真的喜歡我嗎？）

這種問題，該用什麼樣的表情說出口才好？

（如果他是真心的……我要怎麼做？跟他交往？）

那麼，自己的心意又如何？自己是怎麼看待健這個人的？

亞里紗完全沒想過戀愛方面的可能性。更何況，對方還是那個柴崎健。

（我想要知道答案。不然，我無法繼續前進……）

◆◇◆♥◆◇◆

愛藏走出玄關，一邊呼喚「小黑？」一邊四處張望。

貓罐頭在他手上的塑膠袋裡發出清脆的碰撞聲。

回到家後，他發現家裡沒半個人在，也不見小黑的蹤影。

客廳窗戶開了一道縫，牠或許是從那裡溜出去的。

（應該不至於被別人抱走吧……？）

愛藏不安地在家門前徘徊，然後掏出手機。

Word8
～話語 8～

原本打算聯絡哥哥的他，最後又放棄這麼做，將手機塞回褲子口袋裡。
「真要說的話，那是他撿回來的貓耶……」
正打算到附近去找時，一陣貓叫聲傳入愛藏耳中。
一名身穿櫻丘高中制服的女學生，抱著黑色的幼貓朝這裡走過來。

「小黑！」
聽到愛藏的呼喚聲，小黑從女高中生懷裡跳了下來。
愛藏以單手抱起快步朝自己走來的小黑。
「真是的，你跑到哪裡去了啊……」
小黑縮起脖子「咪～」了一聲。
牠一雙閃閃發亮的大眼，讓愛藏打消了繼續說教的念頭，抱著牠準備走回玄關。

「啊，等等！」
聽到女高中生這麼喊道，愛藏「啥？」地皺起眉頭。
「那隻貓……」

「是我們家養的啊。」

聽到愛藏冷冷地這麼回答，女高中生「咦？」地瞪大雙眼，接著以恍然大悟的表情「噢……」了一聲。

「你是柴崎同學的弟弟呀。」

（是那傢伙認識的人嗎……）

光是這樣，便讓愛藏感到很沒力。他伸手拉開大門。準備踏進家裡時，他的上衣被人一把揪住。

「……請問妳有什麼事嗎？」

畢竟可能會被別人看到，他不能對這個女孩子擺出太惡劣的態度。

她有些迷惘地望向自己的腳邊。

接著，以下定決心的表情抬起頭仰望愛藏。

「柴崎同學……現在在家嗎？」

「這個嘛，我也不知道耶。」

「拜託你告訴我！」

「就說我不知道了嘛。」

愛藏拉開女高中生揪著自己上衣的那隻手。

「我有一件事必須告訴柴崎同學才行。可是，我打過去的電話他都沒接，傳訊息也沒有回……你知道柴崎同學可能會去哪些地方嗎？不管是哪裡都可以，希望你能告訴我！」

或許是很急切的事情吧，女高中生的眼神看起來相當認真。

輕輕嘆了一口氣之後，愛藏轉身望向她。

「我說啊……妳是那傢伙的誰？」

「咦？」

「是女朋友嗎？」

這麼問之後，她隨即回答「不是」。

「不然是什麼？」

「同班同學……？」

「哦～所以，身為同班同學的妳，找那傢伙有什麼事？」

聽到愛藏的質問，女高中生沉默了半晌。

「我……沒有誠實面對自己的心意。」

她低著頭，帶著幾分猶豫開口。

「因為這樣，我沒能跟可能會變成朋友的人好好相處……當自己為了沒能將真正的想法傳達出去而懊悔時，一切都已經太遲了……已經變成無能為力的狀態。一度遠離的心，不會輕易再回來。過去的我……一直不明白這個道理。」

她收起淡淡的自嘲笑容，筆直地望向愛藏。

「所以，我不想再犯錯了。」

像是女高中生說給自己聽的這番話，狠狠地刺進愛藏的胸口。

這點道理他也明白。

他人一度遠離的心，不可能輕易再回來。

「……對不起，這樣把你叫住。我會自己去找找看。」

女高中生擠出一個尷尬的笑容，接著便準備轉身離去。

Word8
～話語8～

回過神來時，愛藏才發現自己用一句「等等啦」喚住了她。

「說不定……」

換做是平常，他才不會做這種雞婆的事情。他壓根不想跟哥哥的女性友人扯上關係。

只是，因為她剛才幫忙照顧逃家的小黑，所以，愛藏覺得稍微答謝一下這名女高中生，或許也無妨。

（真的就只是這樣而已……）

他想得到的地方，就只有一個。

「大概會去那裡……如果在其他地方沒找到他的話啦。」

將地點告訴女高中生後，對方的表情瞬間明亮了起來。

「謝謝你，柴崎同學的弟弟！」

「別這樣叫啦。」

愛藏板起臉孔抗議後，女高中生回以一個「咦？」的表情。

「弟弟什麼的……我的名字是愛藏啦。」

「對不起，那麼……柴崎同學的弟弟愛藏。」

她以毫無惡意的語氣這麼喚道。

「都說別這樣叫了！」

「你跟柴崎同學果然很像呢。」

「啥！哪裡像啦？」

女高中生輕笑一聲，留下一句「那我過去看看」之後，便小跑步離開。

（噢，原來如此……他最近會變得那麼古怪，就是因為這個女孩子吧。）

愛藏的表情放鬆下來。

雖想著「要是有問她的名字就好了」，但女高中生的身影已經消失在視野之中。

◆◇◆ ♥ ◆◇◆

亞里紗來到地勢較高的瞭望台，踩著階梯氣喘吁吁地往上。

Word8
～話語8～

周遭景色已經完全轉暗，夜空中浮現點點星光。

「發生什麼事的時候，那傢伙偶爾會跑去瞭望台……」

亞里紗回想著愛藏告訴她的這段話，抬頭仰望持續向上延伸的階梯。

她看到了一塊「瞭望台往上」的告示牌。

她掏出手機確認過，健沒有打電話過來。

他明明是個就算沒什麼事，也會一直把玩手機的人。

有可能有發現亞里紗打來，卻沒有回撥的念頭。

這陣子，她一直躲著健。倘若因此讓對方覺得「算了」，也是無可奈何的事。

人的心意說變就變。感到厭煩的話，就會逐漸遠離。

所以，必須努力讓彼此更靠近才行。

如果不這麼做，人跟人之間的聯繫便會輕易斷絕。

一開始，主動為彼此建立起聯繫的人是健。

「妳是跟我同班的亞里紗對吧？」

升上高中後，他突然來找自己搭話，便是一切的開始。

之後，不知為何，他總會以一些無關緊要的話題，執拗地向亞里紗攀談。

總是得意忘形，總是自作主張。

這樣的健，讓亞里紗煩躁、生氣……卻又忍不住跟他一起笑出來。

真要說的話，這兩人應該不可能有所關聯。

如果不是健主動靠近，他們倆或許連說話的機會都不會有。

亞里紗一邊大口喘氣，一邊環顧瞭望台四周。

上頭看不到半個人，只有路燈不斷閃爍。

她走到外圍的木製圍籬處。站在這裡，能夠將在黑暗中透出一片五光十色的街景盡收眼底。

Word8
～話語8～

一陣強風吹來，讓亞里紗伸手按住頭髮。

「……你在哪裡？」

（把寫著聯絡方式的紙條交給人家，卻又完全不接電話。）

「真是的——！大笨蛋！」

亞里紗高亢的吶喊聲，在夜空中擴散開來。

她抓著木製圍籬，垂下頭，再次以一句「笨蛋……」輕聲怒罵。

「妳在幹嘛？」

突然聽到有人這麼問，亞里紗吃驚地轉過頭來。

「柴……柴崎同學！」

不知何時出現在自己身後的健，此刻露出了「咦？」的表情。

「難道……妳是來這裡找我？」

「才不……！」

亞里紗的臉瞬間漲紅。她迅速轉過身去。

「咦～怎麼，不是嗎？」

健出聲調侃，並試圖從一旁窺探亞里紗臉上的表情。

他的態度一如往常到令人生氣的地步。

彷彿忘了兩人至今已經多久不曾交談。

（我那麼煩惱又擔心，他卻……）

看到健一派悠哉的表情，讓亞里紗覺得有點不爽。她像是在逞強般，堅持以「不是」來回應。

「我只是要去便利商店而已。」

聽到別過臉去的她這麼回答，健先是圓瞪雙眼，接著噗哧一聲笑出來。

「呃，這種地方可沒有便利商店喔。也不是走在路上時會恰巧經過的場所。」

「我偶爾也會想繞遠路散步一下呀！」

「那麼，就當作是這樣嘍。」

健笑著這麼說，然後走到亞里紗身旁，靠在木製圍籬上眺望下方的夜景。

亞里紗凝視著他完全看不出來在想什麼的側臉，有些猶豫地緊抿雙唇。

「剛才那是騙人的……其實我在找你。你應該也知道吧！我都打電話過去那麼多次了……」

聽到亞里紗這麼說，健「咦？」地轉過頭來。

「妳打我的手機？」

「不然還能打哪裡呀！」

「啊啊！這麼說來，我沒帶手機出門呢。」

將手探入口袋後，健像是突然想起這件事似的回應。

（這個人真是——！）

亞里紗覺得自己簡直像個傻子，無力地嘆了一口氣。

（讓我這麼拚命……）

「妳怎麼知道我會來這裡？」

「是你弟弟告訴我的。」

「……那傢伙說的？」

健皺起眉頭，嘟囔了幾句「他怎麼會知道啊」。

「不過，這樣啊……原來妳在找我嗎？」

健喜孜孜地叨唸著「是嗎、是嗎」，然後笑了起來。

「因為都聯絡不上你啊。」

「妳想見我嗎？」

被這雙分不清是認真還是在開玩笑的眸子凝視，亞里紗變得說不出半句話。

她認為，只要看到健的臉、跟他說到話，她就能明白自己的心意。

所以，她只是想確認而已。不過，其實並沒有這個必要。

（就算不確認、就算沒有見到面，我的心也早被這個人占滿了……）

因為，到頭來，儘管亞里紗拚命試著忘記他、遠離他，卻仍然做不到。

「關於……你之前的告白。我是來回覆你的。」

深吸一口氣之後，亞里紗重新望向健。

周遭除了呼嘯的風聲以外，沒有半點其他聲響。因此，亞里紗覺得自己的心跳聲在此刻變得格外響亮。

「我……我沒辦法跟你交往！」

「咦！我就這麼突然被拒絕了？」

「我不是在拒絕你！」

亞里紗以手掩上紅通通的雙頰，稍微移開了視線。

「咦……這是……什麼意思？」

健困惑地問道。

「要問……我是喜歡……還是討厭你的話……我想……應該是……喜歡……呃，你那是什麼表情啦！」

看到健以感動不已的表情盯著自己，亞里紗不禁稍微往後退。

「因為，我沒想過能從妳口中聽到『喜歡』兩個字……」

「我只是……說出自己的想法而已。」

「是嗎，原來……妳喜歡我啊。太好了……」

「總之，交往什麼的，我做不到！」

「咦！為什麼？妳喜歡我吧？我也喜歡妳啊。這樣不是兩情相悅嗎？接著就會發展成男女朋友了吧？會吧？應該會啊！不，絕對會啦！」

「我的想法……不像你那麼簡單！」

說起來，直到現在，就連只是跟普通朋友來往，亞里紗都做得不太順利。突然要她跟某人交往、變成男女朋友，這樣的門檻實在太高了。

第一次談戀愛的她，就連自己的情緒，都沒有辦法好好處理。

「我沒有把這件事想得很簡單喔。」

看到健一臉認真地這麼表示，亞里紗感覺臉上一陣燥熱，無法再看著他的雙眼說話。

「我……不是這個意思。」

（啊啊……到底要怎麼說，才能傳達出去呢？）

「喜歡上某個人……或是談戀愛……跟別人交往這些事……我……我都是第一次。」

Word8
～話語8～

這些動不動就哽在喉頭的字句，讓亞里紗無法流暢說出口。她總覺得自己不小心說出了令人超級難為情的話。

「……第一次……」

「對，第一次！全都是第一次經歷！所以，我沒辦法馬上……」

看到健聽得喜孜孜的反應，亞里紗閉上嘴。

「算了，不說了……」

「咦！為什麼？我有在聽耶。」

「算了！我不管了。當我什麼都沒說。一切當作沒發生過！」

亞里紗再也無法忍受，迅速轉過身去。

「噯～亞里紗。」

儘管聽到健的呼喚，亞里紗仍不願回應他。

「我真的沒有把這件事想得很簡單。我是認真的，也會很珍惜妳。絕對會。」

他比平常更來得溫柔的嗓音，讓她心跳加速。

「你又說這種……」

「不是啦。我也是第一次對某個人這麼認真喔。真的……」

接著，健悄聲重複「是第一次這樣」幾個字。

亞里紗不自覺地將擱在胸前的手緊緊握住。

「所以，我們一起從零開始吧？從這一刻……」

亞里紗轉身，看到健直直望著她這麼表示。

晚風輕輕撫過透出熱度的雙頰。

「從朋友開始……的話。」

看到亞里紗帶著幾分猶豫伸出手，健露出有些錯愕的表情。

隨後，他像是覺得很好笑地笑出聲來。

「從朋友開始？」

「如……如果你不想，那就算了。」

Word8
～話語8～

「那就從朋友做起吧。」

健笑著握住亞里紗的手。

總覺得自己的心跳，彷彿會透過掌心傳達出去。

因為過於緊張，兩人在不知不覺中一起沉默下來。

明明是自己主動要求握手，亞里紗卻有種靜不下心的感覺，忍不住想抽回自己的手。

然而，像是企圖阻止亞里紗這麼做似的，健將自己的手指和她的交纏。

看到亞里紗困惑地抬起頭來，健瞇起雙眼。

「現在……還只要這樣就夠了。」

「……嗯。」

亞里紗露出笑容，再次以一聲「嗯」回應他。

「啊～！真是的～已經這種時間了啊。」

健朝手錶望了一眼，恢復成以往的輕佻態度。

「要是在這裡待得太晚，伯母可能會擔心吧？」

「我們家的門禁沒有這麼嚴格……」

「妳說這種話，豈不是讓我不想放妳回家了嗎～？」

健露出壞心眼的笑容這麼說，然後將手插進口袋，踏出步伐。

「我也散步到妳家的神社之後再回去吧～」

「啊！等等，沒關係啦，你不用送我回去。」

「咦～？我只是要散步一下而已啊。」

兩人一邊這麼交談，一邊並肩走下階梯。

◆◇◆♥◆◇◆

（從朋友開始……是嗎？）

總覺得這很像是亞里紗會做的回應——這麼想著，走下樓梯的健不禁嘴角上揚。

這時，他感覺有人從後方揪住自己的上衣。轉頭一看，健發現亞里紗停下了腳步。

Word8
～話語8～

看到她欲言又止的模樣，健以一聲「亞里紗？」輕喚。

「……如果……我是說如果……」

移開視線後，亞里紗帶著幾分猶豫開口。

「我能夠變得稍微有自信的話……」

接著，她緩緩將視線拉回，繼續往下說。

看起來相當緊張的她，鼓起勇氣這麼表示：

「到時候……就換我向你告白！」

彷彿在宣言般，亞里紗紅著臉，一邊囁嚅著「所以……」一邊思考接下來的用字遣詞。

「到那個時候，如果你的心意仍沒有改變的話……」

「不會改變的。」

注意到時，健沒有半點迷惘地如此脫口而出。

看著亞里紗在路燈照耀下望向自己的那雙眸子，健露出笑容。

「我的心意不會改變，所以……」

不用太過焦急。只要其中一人沒有放棄努力朝另一人靠近，這段聯繫就必定不會消失。

「我會等妳。」

「……雖然嘴上這麼說……但你馬上就會看上別人了。」

或許是因為眼眶中湧現淚水了吧，亞里紗抬頭望向夜空。

「我……我不會啦。真的。絕對不會。」

「很難說吧。」

「總有一天，我會讓妳那囂張的嘴巴說出『我愛你』三個字……！」

「我怎麼可能說呀。」

儘管擺出冷淡的態度，亞里紗的嘴角仍彎成開心的弧度。

接著，兩人一起笑出聲來。

能讓我的內心動搖的，總是妳的話語——

『將溫柔包在裡頭，又有點壞心眼。』

「噯，亞里紗。我喜歡妳。」

「…………笨蛋。」

從今天開始，我要跟妳談「認真」的戀愛——

Word8
～話語8～

◆◇◆epilogue ★ ～終曲～◆◇◆

這絕對不是什麼約會。

第二學期開始後的某個假日，亞里紗坐在公園的長椅上，坐立不安地試著這麼說服自己的內心。

（真要說的話，所謂的約會，是變成男女朋友的兩個人才會做的事情吧？我們可沒有在交往……這是……對了，就是那個啦！）

有著池塘、景色十分優美的這座公園，似乎是個絕佳的約會景點。手牽著手的情侶不斷從眼前走過。驚覺到這一點之後，亞里紗環顧四周，發現到處都是看似在約會的遊客。在這種狀態下，獨自坐在長椅上的自己，便顯得相當突兀。

她原本以為，如果是這種安靜的場所，應該就不會不小心被認識的人撞見了。

epilogue
～終曲～

（我的計畫大錯特錯啦——！）

亞里紗不禁以雙手掩住臉，發出「嗚——！」的呻吟聲。

（還是換個地方碰面吧！）

她匆匆從包包裡掏出手機時，一陣告知收到新訊息的電子音傳來。

「哇！」

亞里紗慌慌張張地確認訊息內容，發現上頭寫著「我馬上要到了」。

「咦！已經要到了？」

她望向公園的時鐘。再過五分鐘，才是兩人約好的時間。

突然緊張起來的亞里紗，毫無意義地重複坐下又站起、站起又坐下的動作，變成一個看起來很可疑的人物。察覺到這一點之後，她乖乖在長椅上坐定。

「早知道就不答應了……」

看到「妳明天有空嗎？」的訊息時，自己為什麼會以「是有空啦」回應對方呢。或許是因為那時自己剛洗完澡，腦袋還有些空白吧。

而且，亞里紗甚至還穿上自己最中意的那套衣服前來赴約。

（簡直像我拚盡全力一樣嘛！）

她已經想回家了。好想現在就回家，然後躲進自己的衣櫃裡。

「這絕對不是約會！」

她忍不住提高音量這麼說，結果引來了周遭遊客的注目禮。

（我想見的……不是那個人……）

亞里紗抬起頭。朝這裡走過來的健映入她的視野。不同於學校裡的模樣，他穿著一身便服。

懷裡還抱著那隻幼貓小黑。

「亞里紗，妳已經到了啊？」

面對這麼說而笑著走近的健，亞里紗猛地從長椅上起身。

「我……我只是有凡事都會提早五分鐘做的習慣而已。」

別說是五分鐘，自己八成早在十五分鐘——甚至更久之前，就坐在這裡了。不過，這點她當然說不出口。

「難不成，妳其實很期待嗎？」

看到健探過頭來這麼問，亞里紗像是要迴避他的眼神似的別過臉去。

「我很期待看到小黑啊。」

「……那我呢？」

「是附屬品！」

「那麼，反正機會難得，妳要跟我這個附屬品……」

健瞇起雙眼，帶著一臉開心的表情將小黑抱給亞里紗。

「一起去哪裡嗎？」

換做是往常，亞里紗總會隨即以「我不去」回應。不過，她現在卻無法馬上說出這種話。

（我知道。這不是在約會。）

然而，在不小心答應和健見面後，她的內心便一直躁動不安。她從衣櫃裡撈出每一件自己中意的服裝，反覆試穿了好幾次。

因為實在靜不下心，不小心熬夜的她，被設定得比平常早一些的鬧鐘吵醒後，便從床上彈了起來。

仔細梳妝打扮完畢後，在爺爺和母親的調侃下，她步出家門的時間提早了一小時以上。

其實，她真的期待得不得了。就算不是約會，想到能見到健，心跳就不自主變得激烈。

「繞公園一圈的話……」

「話說回來，這裡是有名的約會景點耶～啊！對了，要不要去划船？」

他的這句話，讓亞里紗的心臟重重跳了一下。像是為了掩飾這樣的反應般，她隨即垮下臉來。

「還是算了。」

「電影呢？妳喜歡哪一類的題材？日本片？洋片？還是動畫電影？這些我都ＯＫ喔～如果妳能接受恐怖片的話，最近剛好有一部超可怕的上檔了！」

亞里紗跟用和平常一樣輕浮的語氣講話的健並肩邁開腳步。

「貓咪不能帶進電影院裡。」

「那去貓咪咖啡廳吧！」

epilogue
～終曲～

「又不是去有貓的地方就好……」

「不然去車站附近的廣場吃可麗餅？最近推出了秋季限定的栗子鮮奶油口味。」

「這個就……還可以……」

亞里紗朝健偷瞄一眼，發現他露出了開心的笑容，一雙眼睛像孩子般閃閃發光。

「那得快點過去才行。畢竟那間店經常要排隊啊～」

「啊，等等！」

被健抓住手的亞里紗稍微加快腳步。不這麼做的話，就會趕不上他的速度。

「等……等一下啦，要是被別人看到，會招來誤會的！」

「妳說的誤會是～？」

面對心知肚明，卻還是壞心眼地刻意這麼問的健，亞里紗壓低音量回應：

「別人會以為我們在約會……」

「但我們就是在約會啊。」

健轉過頭來朝她一笑。

感受到自己雙頰漲紅，亞里紗不禁以手背抵上自己的嘴巴。

如果能變得坦率一點就好了。

儘管這麼想，但她仍無法更加靠近他，有時也會刻意逞強。

可是——如果有喜歡的東西，我想直接說出喜歡。

『這段戀情……才正要開始。』

HoneyWorks
成員留言板！

Gom

shito

感謝將
《壞心眼的相遇》小說化。
如果看過本作的人能被打動，
我會很開心。

非常感謝將
《壞心眼的相遇》小說化!!

感覺完全不同，卻又有些相似……本作就是
這樣的兩人嶄新的相遇故事!!在Haniwa角色中，
這兩人特別有個性，我非常喜歡
他們之間的互動!!

ヤマコ

cake

感謝購買小說版的
《壞心眼的相遇》!!

在學生時代，我完～全沒有這類
和異性邂逅的經驗。
這讓我好想進入柴健他們的世界享受青春（笑）
不僅限於戀愛，希望大家都能有很棒的相遇♪

cake

ziro

輕鬆的戀愛 < 認真的戀愛
×99

ziro

賀
壞心眼的相遇
小說化
ろこる
恭喜
《壞心眼的相遇》
小說化!!
柴健～!!
我等好久了，
柴健～!!
我最喜歡
很溫柔的
輕浮男了…
モゲラッタ
モゲラッタ
支援成員！
壞心眼的相遇嗎…
壞心眼的相遇啊…
Oji
Atsuyuki
我也好想要有壞心眼的相遇喔…
Atsuyuki

特別協助／藤谷燈子

國家圖書館出版品預行編目資料

告白預演系列. 8, 壞心眼的相遇 / HoneyWorks原案 ; 香坂茉里作 ; 咖比獸譯. -- 初版. -- 臺北市 : 臺灣角川, 2020.10

面 ; 公分. -- (Kadokawa fantastic novels)

譯自 : 告白予行練習. 8, イジワルな出会い

ISBN 978-986-524-033-2(平裝)

861.57 109012108

Kadokawa
Fantastic
Novels

告白預演系列8

壞心眼的相遇

（原著名：告白予行練習8 イジワルな出会い）

2020年10月12日　初版第1刷發行

原　案：HoneyWorks
作　者：香坂茉里
插　畫：ヤマコ
譯　者：咖比獸

發行人：岩崎剛人
總編輯：蔡佩芬
編　輯：黃怡珮
美術設計：宋芳茹
印　務：李明修（主任）、張加恩（主任）、張凱棋

發行所：台灣角川股份有限公司
地　址：105台北市光復北路11巷44號5樓
電　話：（02）2747-2433
傳　真：（02）2747-2558
網　址：http://www.kadokawa.com.tw
劃撥帳戶：台灣角川股份有限公司
劃撥帳號：19487412
法律顧問：有澤法律事務所
製　版：尚騰印刷事業有限公司
ISBN：978-986-524-033-2